それはすごい速さで
空気中を飛んでいった。
的の中心より
少し左に命中すると、
バチっと音を立てて消えた。
ヴァン・スペルビア
スペルビア家の一人息子。
ロイと競い合うことが
楽しいと感じている。

ルーシィ・アルトチェッロ
ニックネームは「エベレスト」
最近はエリィと一緒にいられて
満足している。
ロイ・アヴェイラム
アヴェイラム家の次男。
学園の生徒からは
恐れられている。
エリィ・サルトル
ルーシィの幼馴染み。
昔のようにルーシィと
仲良くできることが幸せ。

スタニスラフ・チェントルム

ニックネームは「ペルシャ」
ロイへの従順さは
変わらない。

フィリックス・ブラーム

ニックネームは「マッシュ」
ピアノが大好きで
気がつくと何かを弾いている。

「おねがい、
お姉さまぁ」
一番の強敵をいとも簡単に
撃破してしまった。
後ろでエリィが
サムズアップしているのが
見えた。

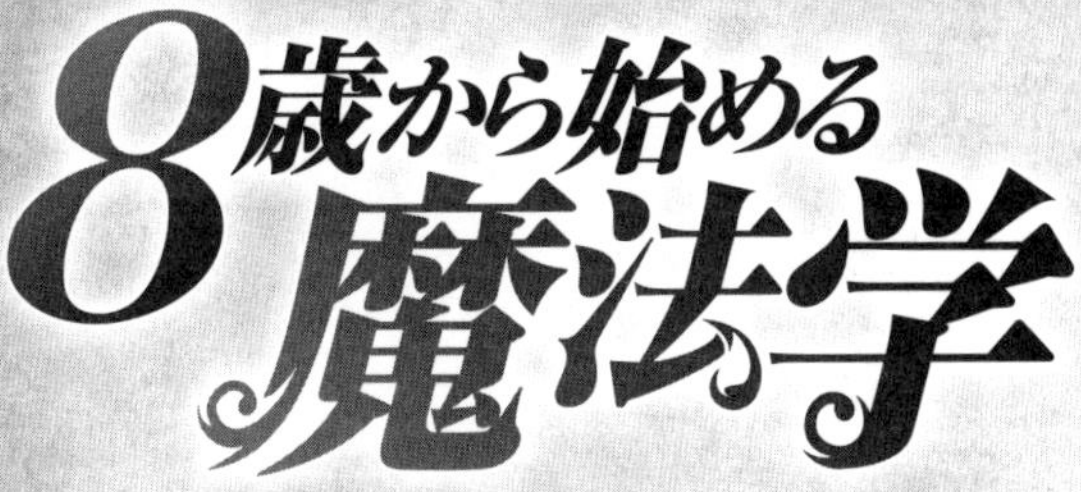

OLD ENOUGH TO LEARN MAGIC!

Yuhi Ueno
上野夕陽

[illustration]
乃希

Contents

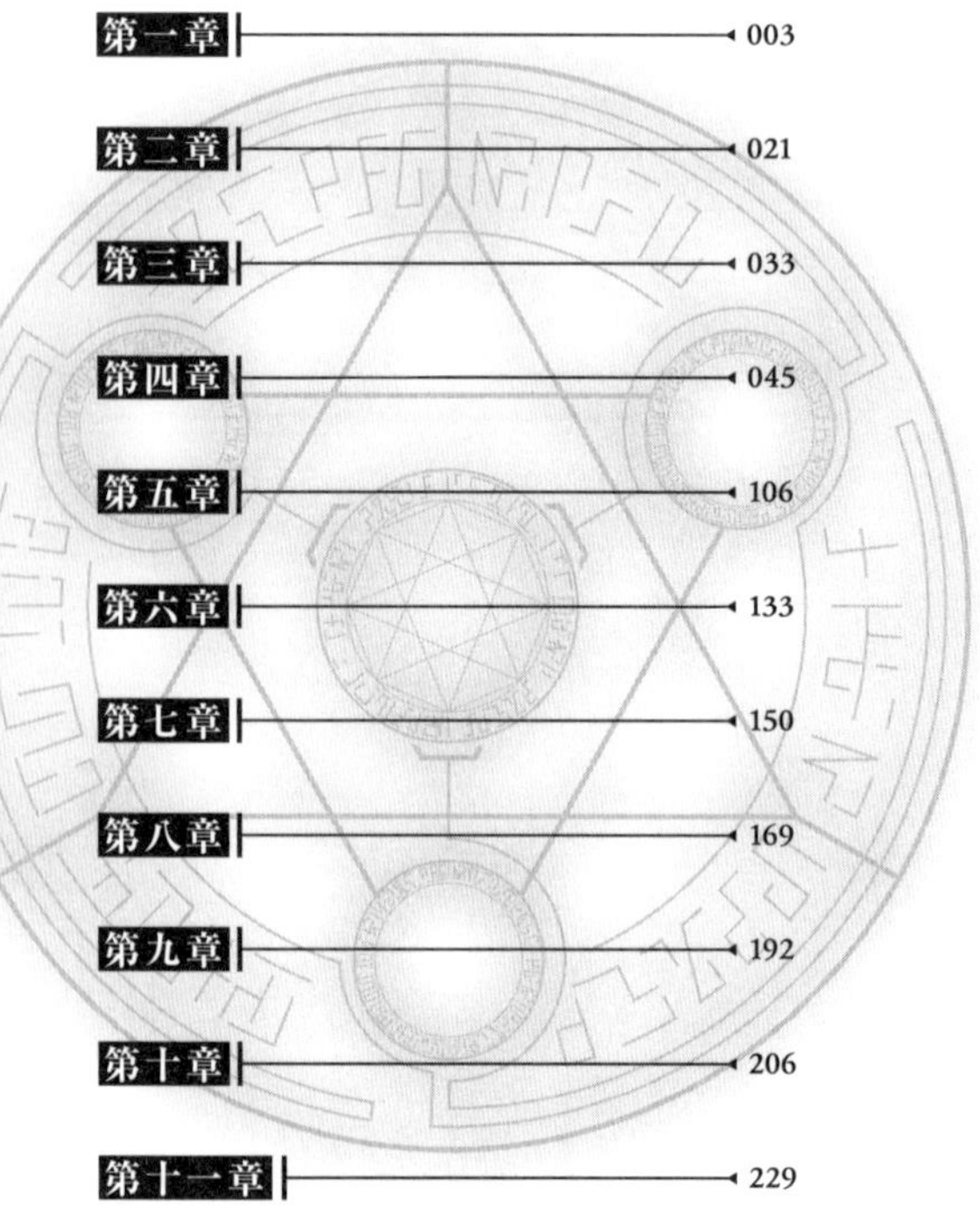

OLD ENOUGH
TO LEARN MAGIC!

第一章

OLD ENOUGH TO LEARN MAGIC!

A Simple Magic
to Stay Healthy After 40

僕は『40歳から始める健康魔法』を閉じた。何度読んでも素晴らしい本だ。夢中になって読んでいたら、もう始業時間間近だった。生徒会室を私物化して毎朝ゆったりと過ごせるのは、生徒会長の特権だ。

「おはようございます、会長」

生徒会室を出て廊下を歩いていると、顔と名前の一致しない下級生たちがこちらへ向かって挨拶を口にしながら通り過ぎていった。初めは慣れなかった呼び名も、今ではもう随分耳に馴染む。

近頃、日に日に寒さが増してきている。一年前のこの季節、僕は生徒会長に就任した。それと同時期に起きた連続誘拐事件は、いまだ記憶に新しい。

事件の発端は、生徒会の後輩が誘拐されたことだった。数日後、彼女は遺体で発見され、名家の子であったことも手伝って、大変なスキャンダルになった。世間が注目する中、次に同級生のルビィ・リビィ、そしてさらには僕が攫われた。間一髪のところで僕はヴァンに救い出され、彼とともに犯人を打ち倒すことができたが、本当にギリギリの戦いだった。あのとき死んでいたかもしれないと思うと、今でも背中に冷たいものが走る。

教室へと向かう途中、階段を上ってくるルビィ・リビィの姿を見つけ、立ち止まる。彼も誘拐事件の被害者の一人である。ルビィは犯人の魔法毒により生死の境を彷徨ったが、僕の母親であるエルサの助けもあってなんとか一命をとりとめた。事件後しばらくは僕に対して異様に距離が近かったが、今はだいぶ落ち着いている。精神的に不安定だったのだろうと思っている。

「ロイ君」

「おはよう、ルビィ・リビィ」

上ってきたルビィといっしょに階段を上る。六年生の教室は三階にある。

隣のルビィの手を見ると、彼はいつも通り、巾着袋を大事そうに握っていた。

事件からひと月ほど経った頃だったと思う。ルビィは僕に袋の中身を見せてくれた。何が出てくるのかと身構えたが、なんのことはない。普通の鉄ペンだった。昔母親に買ってもらったものだという。母親に何かを買ってもらって嬉しいと感じる価値観を僕は持たないから大層拍子抜けしたものだが、彼にとっては肌身離さず持ち運ぶほどのものらしかった。母親とどんな関係を築けば、ただの鉄ペンにそれほどの価値を見出せるのか不思議だ。少なくとも僕とエルサみたいに冷えきった関係でないのだろう。ルビィの母親とエルサは王立研究所に勤める同僚で、学生時代からの付き合いだというが、同じような人生を歩んでも母親としての能力はだいぶ差がありそうだ。

「そういえば、その鉄ペンは何に使っているんだ？」

「……言葉を書くんだよ」

「言葉？　文章ということか？」

「頭に物語が浮かぶと、文字で残しておきたいから」

ルビィの平坦な声に、ほんの僅か、熱が帯びたように感じた。

「ふぅん。楽しそうだな」

「うん」

出会ったときは、彼はリアム・ドルトン率いるいじめっ子グループによく絡まれていた。一度僕が注意してからはそういうこともなくなった。そのおかげか、ルビィの感情は前よりわかりやすくなったと思う。

ルビィと別れ、教室に入る。中央の最後列に位置する自分の席に座った。

今日は学校に来るのが遅くなってしまったせいか、いつもエリィを訪ねてこの教室に遊びにくるエベレストの姿は見えなかった。

「おはよう」

右隣の席に座るエリィから声がかかった。

「おはよう、サルトル。エベレストはもう自分のクラスに帰ったのか？」

「うん、アヴェイラム君が来る少し前に。これ、渡しといてって」

お菓子が入った箱を手渡される。菱形(ひしがた)が描かれた箱だ。この模様ということは、今日のお菓子はマッシュが持ってきたものらしい。エベレストが持ってくる箱には、もう少し凝った花や動物などの意匠が描かれている。

マッシュはたまにしか遊びにこない。でもなぜか僕への献上品はほとんど毎日律儀に持ってきて、彼と同じクラスのエベレスト経由でここまで運ばれるのである。

僕は上蓋を開け、中からクッキーを一枚摘(つ)まんだ。

「アヴェイラム君って、お菓子食べてるときが一番怖くないよね」

僕のお菓子好きは相当なものだ。三年前に手に入れた前世の記憶によるとお菓子を食べすぎるのは健康に悪いのだが、そのことを知りながらも食べるのを控えようと思えない。

この記憶の持ち主である大学生の男は、成長するにつれて甘いものが苦手になっていったはずだが、彼の嗜好(しこう)にまったく影響を受けずに、僕は甘いものが大好きなままだった。一生やめられる気がしない。

「常日頃から心優しい生徒会長を務める僕は、どんなときでも怖くないはずだが」

「あはは。おもしろいね」

エリィとはエベレストを交えて話しているうちに多少仲良くなった。しかし、最近僕への敬意が足りないように思う。平民上がりの下級地主はみんなこうなのだろうか。

彼女はすべての人に親しげに接しているようでいて、案外ドライなところがある。僕やヴァンに対しても一線引いている印象だ。彼女が素になるのはエベレストを相手にするときだけかもしれない。

商人というのは得てして他人との距離の取り方を弁(わきま)えているものだ。この大都市アルティーリアで一、二を争う有名ブランド『サルトル』の娘らしかった。

「今日の魔力検査はうまくやれそうか？」

「うーん。しょーじきみんなみたいに緊張はしてないかな」

言葉通り、彼女の表情には気負っている感じはなかった。

今日行われる魔力検査は、僕たちの人生を大きく変えるイベントと言っても過言ではない。ここで良い結果が出れば、学園の魔法科に進学できる。一般科との違いは、いくつかの科目が魔法に関する科目に置き換わる程度だが、卒業後の進路は大きく変わってくるのだ。

魔法科を修了すれば魔法使いの免許が与えられ、特殊な職業や役職につくことができるようになる。僕の場合だったら魔法研究職への道が開けるし、ヴァンみたいな戦闘狂なら軍か騎士団かの魔法を使う部隊に所属できる。数年前にできた巡察隊と呼ばれる治安維持組織の中にも、魔法犯罪を専門的に取り扱う部署があるという。仮に免許が必要な職につかなくても、魔法使いというだけで社会的ステータスは相当に高く、出世などもしやすい。

つまり、適性があるなら取らない手はないのである。

「うちの商売ってファッション中心だから、魔法使いの免許を取得する意味はあんまりないんだよねー」

「ふうん。まあその通りかもしれないが、君も貴族の端くれになったのだから、魔法使いになればブランドにも箔（はく）がつくだろう」

「えー、そんなに変わるもの？」

「もちろんだ。上流階級の仲間入りをしたのであれば貴族としての評価はどこへ行こうとついて回る。魔法使いは貴族にとってもステータスのひとつだ。免許を取ればブランドの評価は上がる」

「そっかあ……。もしかしたら魔法使いになったらルカちゃんちの人たちも見直してくれるのかな……」

ルカちゃんとは、エリィだけが呼ぶエベレストのあだ名だ。なぜそんな男みたいなあだ名をつけたのかはよく知らない。エベレストの本名がルーシィだから、安直にルカにしたのだと勝手に思っている。

エベレストの家はかつて『サルトル』を贔屓にしていたが、敵対するスペルビア派にエリィの家が取り込まれたことをきっかけに両家は決別した。家同士の仲が悪化し、エリィとエベレストも一時期は仲違いしていたが、紆余曲折あって今は再び仲良くしている。

「お互いの両親公認の仲に戻れる絶好の機会だ。あえてふいにすることもない。それに一般科と魔法科に分かれてはいるが、いくつかの選択単位が魔法学の単位に置き換わる程度の違いだから、将来必要なくても適性があるなら魔法科に入っておくのが賢い選択だ」

「それもそうかも。……でもアヴェイラム君にそんなに言われると、なんか怪しいなあ」

エリィは勘が鋭い。これがマッシュならなんの疑いもなしに僕の口車に乗る頃だ。

実を言うと、僕も結構『サルトル』の服や小物のデザインが好きだから、アヴェイラム派でも堂々と着用できるようになればいいと思っている。今はスペルビア派の貴族御用達みたいになっていて、アヴェイラム家の僕は外で使いづらいんだ。

「裏がないと言えば嘘になるな。僕はこれでも『サルトル』の製品を愛用していてね。傘などの小物のシックな感じが好きなんだ。あれを魔法の杖代わりにできたらかっこいいと思わないか？　君が魔法使いになれば、そういう製品も期待できそうだから、こうやって説得しているんだ」

「へえ。アヴェイラム君でもそういうこと思うんだ。男子ってみんなジェントルマンのガジェットみたいなのに憧れるよね」

どうやらクールなものに惹かれる男子特有の病のように捉えられてしまったが、紳士のスパイグッズに憧れる想いは僕の中にたしかに存在するから誤解とも言い切れない。

やれやれこれだから男子は、とでも言いたげな様子で呆れたようにお姉さん風を吹かすエリィは少しだけ癇に障ったが、先に誕生日を迎えている僕はお兄さんなので何も言わずに始業のチャイムを待った。

魔力検査に使われる装置は魔樹の性質を利用している、とエルサの書斎に落ちている本に書いてあった。

魔樹は杖の材料として有名だが、魔力を通したり通さなかったりする半分だけ伝導体のような性質が魔力の制御をするのに勝手がいい。なので、杖の他にもいろいろと利用できるのではないかと期待されている、大変魅力的な物質である。

魔力測定器は、その制御機能を用いて対象者の魔力を少しずつ引き出してやることで、比較的安全に潜在魔力量を測ることができる。親が家庭で子供に杖を使わせるよりは魔臓不全に陥るリスクはずっと少ない。今日の魔力検査では、さらに万全を期すため、一人の生徒に数人の専門家がついてしっかりと時間をかけてやるらしい。こういうところを横着しないで徹底してやるのは、さすが国内屈指の名門校といったところだった。

魔力検査が控える教室は、いつもと違って空気が緊張している。朝からずっとこんな感じだ。

チャイムが鳴り、四限が始まった。いよいよ僕たちのクラスが検査を受ける番だ。

教室のドアが開き、常時近寄りがたい空気を放っている女教師が、カツカツと音を立てながら教壇の中央まで歩き、教室を見渡した。

「これから魔力検査を行います。最初のグループは私についてきなさい」

女教師はそれだけ言うと、すぐにまた教室を出ていく。

グループ分けは名簿順で、僕は最初のグループだ。クラスを代表するように、僕は真っ先に立ち上がり彼女の後ろをついていった。

面倒だが、生徒会長の僕はクラスでもこういう立ち回りを期待されている。

教室を出て、廊下をしばらく歩き、階段を地上階まで下り、さらに廊下の端まで行き、突き当たりにある大きな両開きの扉の前で女教師は立ち止まった。これまで一度も入ったことのない部屋だった。

生徒が全員たどり着くのを待って、女教師は口を開いた。

「名前を呼ばれたら中に入り、部屋の中央の椅子に座って検査を受けなさい。――アリンガム、中へ」

扉がひとりでに開いた――と思ったら、ダークブラウンのローブを纏った二人の大人が扉の両側に立っているのが見え、彼らが内側から開けたのだと気づく。

部屋の中はいつも僕らがいる教室よりも一回り広く、天井も見上げるほどに高かった。奥の壁には、縦長の大きなステンドグラスの窓が何枚か嵌め殺しになっていたが、遮光性が高いのか部屋の中はあまり明るくない。

背もたれのない丸椅子が部屋の中央に置かれ、その後ろに長机がある。机の向こう側に二人、白衣を着た男女がこちらを向いて座っている。なんだか圧迫面接でも始まりそうな雰囲気だ。

苗字を呼ばれたポニーテールの女子生徒は、顔を強張らせ、おどおどと前に進み出た。彼女が部屋の中へ入ると扉が閉められた。

「なんか、不気味じゃなかった？」

「魔力検査って宗教的な意味合いもあるらしいよ」

「あー、だからあの人たち修道服着てるんだ」

近くのクラスメイトたちが小声でおしゃべりをする声が耳に入ってくる。

たしかに、いかにも宗教的な儀式が行われそうな様子だった。

数分経った頃、再び扉が開かれ、さきほどの女子生徒が出てきた。ガチガチに緊張していたさっきよりは、顔色はよくなっている。

扉の脇で待機していた女教師が一歩進み出る。手に持った一枚の紙――おそらく氏名が書かれている――に一瞬だけ目を落とし、顔を上げた。

「次の生徒。アヴェイラム！」

躊躇わずに部屋に入った。後ろで扉が閉まる音を聞きながら、部屋の真ん中にある丸椅子のところまで歩いていく。

外からではわからなかったけど、部屋の縦と横の長さが同じくらいで天井も無駄に高いから、まるで立方体の中にいるみたいだった。

「どうぞ、お座りください」

長机の前に僕と相対して座る初老の男が穏やかな口調で言った。指示に従い、僕は静かに腰を下ろした。

男の左手側には、妙齢の女が座っている。二人とも白衣を着ていて、教会の人間という感じはしなかった。学園から来た先生だろうか？

机の真ん中あたりのスタンドに木製の棒状のものが置かれている。以前エルサに杖を見せてもらったことがあった。それよりも装飾が多めではあったが、形状は似ている。

あれで魔力を測定するのだろうか。もっと特殊な、仰々しい感じの魔力測定装置を思い浮かべていたから、ちょっとばかり拍子抜けだった。

扉を開けた男たちが椅子に座る僕の左右に立った。貫頭衣を着ているから、正体のわかりづらさが不安を煽る。ただのドアマンではなかったのか。

それで、今はなんの時間だろう。早く始めなくていいのだろうか。

この中で一番偉い人っぽい正面の男は、僕を興味深げに観察するだけで、何も言わない。

「すみません、挨拶でもした方がよろしいですか？」

「ああ、じろじろ見てしまって申し訳ありません。ロイ・アヴェイラム君で合っていますね？」

「はい」

「はじめまして、ロイ君。アルクム大学魔法学科教授のウィリアム・ワイズマンです」

大学教授？　学園から来た先生とかじゃないのか。ということは、隣の女の方は研究室の学生だろう。

「はじめまして。ワイズマン教授」

「ではさっそく始めましょうか。とはいえ、あなたが魔法科への進学に十分な魔力を持っているであろうことはすでに確認済みですから、魔力検査は免除でもよいのですが……さて、どうしましょうか」

免除ねえ。楽なのは嬉しいんだけど、あの装置を体験しないのはなんだか損に思える。

「僕が自然魔法を扱えることはご存じのようですが、正確な魔力量は測らなくてもよいのですか？」

「この検査の目的は、魔法使いの候補を選定することです。基準に満たない多くの生徒は一般科、基準以上なら魔法科となります。魔力の多寡はそれほど問題ではありません。魔法の実技科目のグループ分けをするときに参考にする程度ですからね。魔法使いの資質を測る評価軸は魔力量以外にも数多くあるのです」

なるほど。魔力量が多くても優秀な魔法使いであるとは限らないと。僕の魔力循環で鍛えた魔力操作能力や無属性魔法などの特殊な魔法を検査で測れるかと言われたら難しい気がするな。

「魔力量以外では何が基準になるのでしょう」

「身体強化のような自然魔法が使えることはその一つです。自然魔法は魔法使いに求められる資質の中でも最上位に位置するものです。他には魔法学の知識だったり、魔法体系を理解するのに必要な論理的な思考力だったり、まあいろいろです」

「さきほどグループ分けとおっしゃっていましたが、自然魔法が扱える僕は魔力量を測らずとも上位のグループに振り分けられるということですか？」

「はて、どうだったか……」

ワイズマン教授が隣の女に尋ねる。

「はい、あなたの言う通りです。しかしグループは生徒の成績によって流動的に入れ替えがありますから、いくら自然魔法が使えるからといって、サボってばかりいると、しっかり下のグループへと落とされますよ」

ワイズマン教授の代わりに女が僕の質問に答えた。

「それは安心ですね。才能にあぐらをかく怠惰な生徒といつまでも同じグループで授業を受けたくありませんから」

「これはこれは、厳しい生徒会長さんだ」

ワイズマン教授が楽しそうに言った。

「ところで、その装置の使い方や検査の手順などをお聞きしてもよいですか？　せっかくなので」

「ええ、もちろん。試しに検査を受けてみますか？」

「いえ。気になるのは測定装置の仕組みです。その杖のようなものを使うのでしょう？」

僕は机の上に置かれた物体へと視線を動かした。

「仕組みですか……。いいでしょう。では、これの説明の前に――杖の仕組みがどういったものか、ご存じですか？」

男はスタンドに置かれたそれらのうち、一番近い一本を持ち上げた。

「魔力を魔臓から引き寄せ、魔法として外に放出するもの、という認識です」

「素晴らしい！　その通りです。これは厳密には杖ではありませんが、仕組みはだいたい同じです。異なるのは、この魔力検査用の杖からは魔法が出てこない。通常の杖と違い、先端に魔力の行き止まりがあるのです。その結果どうなるかと言いますと、あなたが得意な身体強化に似た現象が観測されるのです。その意味がわかりますか？」

身体強化の仕組みや、実際に行ったときの感覚を思い出してみる。

「はぁ、つまりは杖の強度が上がったり、発熱したりするということでしょうか」

「その通り！　噂に違わず非常に優秀です！　さすがはエルサさんのお子さんだ！……ああ、いえ、すみません。ついつい興奮してしまいましたね。はは。しかし、まさにその通りなんですね。そのときの発熱を利用して魔力量を測定するのですよ」

穏やかで子供に対しても丁寧な男だと思っていたが、その印象は今崩れ去った。魔法フリークな一面があるようだ。

彼は母の知り合いのようだけど、大学時代のつながりだろうか。気にはなったが、なんとなく興奮気味に語ってきそうだ。また書斎でエルサに遭遇したときにでも聞いてみよう。

「ここに検査用の杖が複数ありますが、胴体部分の伝導性、先端部分の抵抗の大きさ、魔力容量など、それぞれ違いがありまして、使用する杖を適切に見極め、安全に測定していきます。ちなみに魔力測定には主に発熱しか用いませんが、硬化も注目すべき特徴です。たとえば――」

「教授、そろそろ」

ペラペラとしゃべり続けるワイズマン教授に女が釘を刺した。

「はい、はい、そうでした。魔力検査の途中でしたね。名残惜しいですが、終わりにしましょう。ロイ君、この続きはまた今度にしましょう。アルクム大学でいつでも待っていますよ」

「はい、それでは」

僕が立ち上がると、両側に立っていたローブの男たちが入口の方へ歩いていった。それを追いかけるように僕も入口へ向かう。

邪魔にならないちょうどよいタイミングで扉が開けられ、僕は立方体の部屋を後にした。

第一章

OLD ENOUGH
TO LEARN MAGIC!

魔力検査が終わると、冬休み明けには学園の筆記試験を控えたほとんどの六年生は気の休まる時がない。内部進学組だから少しは下駄を履かせてくれるだろうけど、それでも毎年それなりの人数が試験に落ちるらしい。

附属校は経済力さえあれば子供を入学させるのも難しくない。六年前の僕でも入れたくらいだ。だけど、アルティーリア学園の入学試験はしっかり能力が見られる。つまりお金だけでは解決できないということだ。ものすごい資産家だったら裏口入学もあるかもしれないが。たとえば僕の家とか。

もちろん、そんなことしなくても自分が落ちることなど露ほども考えていないし、そもそもアヴェイラム家は落ちこぼれた子供に施しを与えるような優しい家ではない。僕の経験上、ただただ放置されるだけである。

魔力検査の結果はすでに開示された。僕には、予想していた通り最高判定の『優』が与えられた。もうわりと余裕綽々だ。筆記試験でとんでもなくひどい成績を取らない限り落ちることはない。最近の楽しみのひとつは、他の生徒の余裕のなさを見て優越感に浸ることだ。我ながら歪んだ性格をしている。

生徒会室のドアを開けると、ヴァンがソファの真ん中に座り、テーブルに筆記具や紙を広げていた。

「やあ、ヘッドボーイ君じゃないか」

ヴァンは今年ヘッドボーイなるものに選ばれた。毎年六年生の男子の中から一人だけに与えられる称号だ。リーダーシップがあるとか学業や運動が優秀だとか、総合的に見て決められる。まあ、要は先生方のお気に入りの生徒ということだ。実績で言ったら僕が選ばれてもおかしくなかったけど、教員からの好感度はヴァンに軍配が上がる。まあ僕は愛想が悪いからな。

「なんだよ、生徒会長様」

ヴァンが嫌そうに言い返してくる。

「必死に勉強しているフリか？　君も魔力検査の判定は『優』だったはずだろ？」

「フリじゃない。ほんとに勉強してるんだ。『優』だろうが『不可』だろうが筆記試験には全力を出すべきだ」

「そいつはいい心がけだ。てっきり文武両道のイメージを守るために演技しているのかと」

僕はテーブルを挟んで対面のソファに腰を下ろした。

「ロイはいいのか？　勉強してるのを一度も見たことないけど」

「優秀だからな」

「言ってろ」

いつものように挨拶代わりの軽口を言い終えると、ヴァンは勉強を再開した。

彼は学年の成績上位者である『女王の学徒』に何度か名を連ねるほどの学力を持ちながら、それでも決して油断をしない。地球の乗り物で喩(たと)えるなら、ヴァンは常人と積んでいるエンジンが違う。

この四年弱、何度も感じたことだ。

彼とだいたい同じくらいの成績のエベレストなんか、もうすでに受かったような顔をして、放課後になるといつもエリィとマッシュの家庭教師をしている。そのくらい気を抜いてもいいんじゃないかな。

だいたい合っているヴァンの解答をぼけっと見ていると、ドアが開けられた。

「ロイさまあ、聞いてくださいよー。エベレストの教え方がいちいち偉そうなんですよ!」

愚痴をこぼしながらマッシュが部屋に入ってきて、エベレストとエリィがそれに続く。

「あなた方がいつまで経っても理解なさらないのが悪いと思いますの」

「あなた方って、あたしはマッシュ君よりマシでしょ?」

「わたくしからしたらどちらも変わりませんわ。千年を生きる大樹に若木の背丈の違いなどわからないでしょう?」

「そういうとこだよ、ルカちゃん……」

「そうだそうだ!」

来て早々騒がしいトリオだ。マッシュは最初、ヴァンやエリィのことをよく思っていなかったのに、今ではすっかり仲良しになった。エベレストとエリィがいつもいっしょにいるのを見て派閥とかどうでもよくなったのかもしれない。僕とヴァンもそれなりにうまくやっているから、その影響はあるだろう。単純な子だ。

人数が増えてきたから、僕は部屋の奥にある生徒会長の座る席へと移動した。空いたソファに三人が座る。

「なあ、ここが生徒会室だってわかってるのか？　君たちのたまり場じゃないんだからな」

ヴァンがテーブルの上の勉強道具を片付けながら、正面の三人に向かって言った。

「いいじゃん。生徒会の集まりがない日しか来ないんだし」

エリィは悪びれる様子もない。

その時、コンコンと、上品にドアがノックされた。

「どうぞ」

ヴァンが応じるとゆっくりとドアが開き、背が高く、手足の長い、整った顔立ちの男子生徒が姿を見せた。

「おや、みなさんお揃(そろ)いで」

「なあんだ、ペルシャか。先生が来たかと思ってびっくりした」

ソファから腰を浮かせていたマッシュは再び座り直した。入ってきたのが先生だったら逃げるつもりだったのだろうか。

「チェントルムがここに来るのも珍しいな。なんの用だ？」

「あなたに用はありませんよ、英雄様。――ロイ様、魔力検査の結果についてご報告に参りました」

「ああ、そうだったな。——外で話すか？」

「いえ、ここで構いません。『優』でしたので。ロイ様、それとスペルビアは言わずもがなでしょうが」

ペルシャはヴァンに冷めた視線を送る。ヴァンが楽々と『優』を取ったことが気に食わないみたいだ。

「無論だ。報告ご苦労」

「それでは私はこれで」

「せっかくいらしたのですから、少しくらい座っていかれたらどうです？」

用が済んですぐに出ていこうとするペルシャを、エベレストが引き留めた。

ヴァンがソファの奥に詰め、ペルシャは嫌そうに顔を歪ませて空いたスペースに座った。ソファの両端に寄った二人の間には不自然なくらい間が空いていて、相変わらずの仲の悪さが見て取れる。

「エベレストも『優』だったよね。いいなあ。エリィとボクは『可』だったよ」

「当然ですわ」

「あたしは魔法科に入れるってだけで十分だなあ。てことはマッシュ君とあたし以外みんな『優』ってこと？　やっぱりエリート家系は違うね。血は嘘をつかないって本当だったんだ」

グループは分かれたけど、少なくとも全員魔法科には進めるようだ。もちろん筆記試験に受かればだが。

「最初のグループ分けはたいして意味がないらしい。生徒たちの成績を見ながら流動的にグループ間の移動があると聞いた」

魔力検査に来ていた研究生の女がそんなことを言っていた。

「そうなんだ。じゃあ、あたしとルカちゃんの立場が逆転するのもそう遠くないってことかあ」

「ふふ、エリィさんはジョークがお上手ですわ」

この二人は本当に仲がいいのか疑問だな。いつでもどこでも言い合いをしている。

「――なあ、俺たちはこのまま友人関係を続けてもいいのか？」

ヴァンが唐突に疑問を口にした。

「なんの話？」

マッシュが首を傾(かし)げる。

「アヴェイラムとスペルビアの両派閥がこれほど親しい世代も珍しいと思ったんだ。ロイは家の人に何か言われたりしないのか？」

「何も。次男には期待していないのだろう。貴様のところは何か言われているのか？」

「俺のところは……勝負事のたびにロイに勝ったか聞いてくる。たとえば期末試験とかな」

「ふうん。なるほど、君は惨めにも、敗北したことを毎度両親に報告しているわけか」

「そうだな。運動会で一度として負けなかったこともちゃんと伝えてるぞ」

ぐぬぬ。それを言うのは反則だろ。許さない。

「実際のところ、子供だから許されているのだろう。もう何年かして、それでもまだ仲良しこよしを続けているようなら、アヴェイラムからもスペルビアからも歓迎されないに違いない」

「やっぱりそうだよな」

貴族社会とは面倒なものだ。大人の事情に子供を巻き込むなと言いたい。

「――いっそのこと、新しい派閥でも作ってしまおうか」

ふと、自分でも無茶に思えるような考えが、口からこぼれ落ちた。

「俺たちで？　そんなことできるのか？」

「いや、どうだろう。――まあ、作るだけならできないことはないな。学生の政治的な運動は時にとんでもないエネルギーを生む。思い切ってそういうことをやってみるのも一つの手……かもしれない」


いつ魔人が攻めてくるかわからないこのご時世だ。派閥がどうとか言って分断されたままでは、迅速に対応できないことも増えてきそうな予感がする。何世紀も前に作られた枠組みの中で大人たちに従う必要はない。

魔物被害が始まった頃から、国民の魔人に対する反感はどんどん高まっているように感じる。附属校の生徒たちの間でも、タッチされたら魔人になる遊びとか、騎士が魔人を倒すごっこ遊びが流行(はや)っている。

「だけど、学園に入学したら派閥間の溝はもっと深いらしいぞ。父さんが言ってた」

「そうなのか？」

答えを求めてペルシャの方を見ると彼は頷いた。

「学園には三つのハウスがあります。生徒はそのうちのいずれかに所属しますが、ハウス間の隔たりは大きいようです」

「それってあれでしょ？　ラズダとかシャアレの」

エリィが言った。

「はい。シャアレ、ラズダ、ニビの三つのハウスがあり、アヴェイラム派はシャアレ、スペルビア派はラズダ、その他がニビというように概ね分かれるそうです」

ペルシャはなんでも知ってるな。

「ふぅん。例外もあるのか？」

僕は疑問を口にした。

「入学が決まったあとに適性検査があります。その結果によっては家柄にそぐわない所属になることもあるようです」

「なるほど……」

どうせ僕はシャアレだろうな。

「だったらやっぱり新派閥なんて難しいんじゃないか？」

ヴァンが話を戻した。

「僕とヴァンが旗頭になればいい。まさに今のこの学校がそんな感じだ。僕らが三年生の頃と比べたら溝はだいぶ埋まってるだろう？」

「それもそうか」

僕とヴァンがそれなりに良好な関係だから、他の生徒たちもそれに倣っている。学園に入学してからも同じようにやっていけるはずだ。

「私はロイ様とはこれからも良い関係を続けていきたいと考えておりますが、家の方針に従いますので、スペルビア派と表立って親しく振る舞うつもりはございません」

ペルシャがはっきりとそう言った。

彼の祖父であるチェントルム公爵は完全にアヴェイラム寄りの人だから、孫がアヴェイラム派以外の何かに所属して活動をすることを許すとは思えない。

ペルシャと目が合った。彼はマッシュやエベレストと違って、スペルビア派への態度が軟化しなかった。僕がヴァンやエリィとつるむのにもいい顔はしない。

ペルシャの発言を最後に、新派閥を作るというアイデアは有耶無耶（うやむや）になった。少し突拍子がなかったかもしれない。しかし、学生組織という着想自体は悪くない気がしている。

この国は今、対魔人政策について両派閥で意見が割れている。議会では激しく討論が繰り広げられているというニュースを新聞でよく目にする。今すぐどうこうというわけじゃないけど、今後の情勢によっては十分検討する価値はありそうだ。

政治的な話が一段落して、マッシュがペルシャに勉強でわからないところを質問した。聞かれたペルシャは、丁寧に説明している。エリィの質問にもなんだかんだ答えているのを見てホッとする。彼は表立って親しく振る舞うつもりがないと言ったが、敵対するつもりもなさそうだ。

彼らの声を背景に、僕は生徒会長としてのペーパーワークを進めた。もうすぐ僕とヴァンは生徒会を引退する。

生徒会長はリーゼに引き継がれることになる。彼女は一年前の事件で親友を失い、深い心の傷を負った。しかし、そこから立ち直り、今では次期生徒会長として誰もが認める存在となっている。

安心して卒業できそうだ。

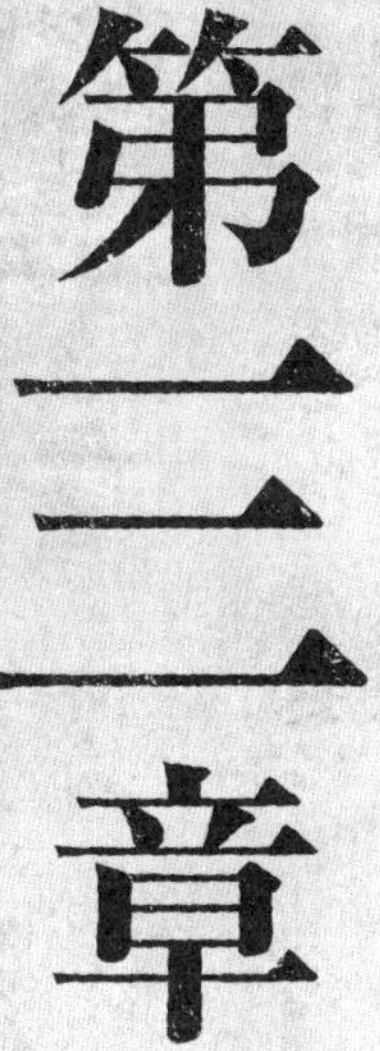

OLD ENOUGH TO LEARN MAGIC!

附属校の最後の三ヶ月はあっという間に過ぎ、僕はアルティーリア学園に進学した。

初代女王であるラズダ女王が住んでいた宮殿がほとんどそのまま校舎になっていて、外から見ても中を歩いても建物に刻まれた歴史に圧倒される。中でも有名なのは、『希望の鐘』と呼ばれる背の高い鐘楼（しょうろう）だ。三つの寮と連絡通路に四方を囲まれた正方形の中庭の中央に、街を見渡すかのごとくそびえ立っている。僕は通学組だから、寮生たちのように毎朝見上げることはないけれど、その美しい鐘の音は附属校の頃も聞こえてはいたが、近くで聞くとより重々しい。

希望の鐘は一日に二度、正午と夕方に鳴らされる。普段意識することはないが、正午の鐘は悪いものを浄化し、夕方の鐘は人々に安息を与えるといった意味合いを持つ。太陽に関係があるらしい。

とはいえ、附属校の頃と比べて劇的に環境が変わったかというと、そうでもなかった。入学したら成人するというわけでもなく、相変わらず僕は十二歳のまま。卒業式もなければ入学式もなく、ただ進級しただけとしか思えないほどすべてがスムーズに切り替わり、肩透かしを食らった気分だった。

内部生は附属校の頃と同じように僕を遠巻きにしている。生徒会長までやって附属校に貢献した僕に対して、少しばかり理不尽ではないかと思いはするが、特定の相手以外とは積極的に関わろうとしなかった僕も悪いから彼らの態度には目を瞑（つぶ）ろう。だけど、初対面のはずの外部生からも恐れられているらしいのは納得がいかない。ペルシャと同じクラスにならなければ、今頃一人になっていたに違いなかった。

「僕は話しかけづらい人間だろうか。どうもクラスメイトたちから距離を感じる」

運動場で初めての魔法の授業の開始を待ちながら、僕はつぶやいた。

「……私はそうは思いませんが、我々の家柄を考えると近寄りがたいと思われても不思議はありません」

隣に立つペルシャが遠慮がちに答える。

授業まではまだ時間がありそうだから、僕は芝の上に足を投げ出して座った。右手ですぐ横の地面をトントンと叩いてペルシャにも座るように促すと、彼は腰を下ろした。

「それはわからなくもないが……ペルシャ、君は他のアヴェイラム派の生徒と話すことも多いだろ？　そこに僕が加わろうとすると、毎回彼らは逃げていくじゃないか」

「それは……やはりロイ様の優秀さに慄いてまともに会話をすることができないからで――」

「――それってペルシャがみんなを怖がらせてるからじゃん。ロイ様は恐れ多い方だとかなんとか言ってさ」

芝に伸ばした足に影が差した。

振り向けばマッシュがすぐ真後ろに立っていた。彼の後ろには生徒が何人かいて、案の定、遠巻きにこちらの様子を窺っている。マッシュのクラスの友だちだろうか。

「そうなのか？」

僕はペルシャに問う。本当なら大問題だぞ。

「そういうことも……あったかもしれませんね。アヴェイラムの名を背負うロイ様にはカリスマが必要なのです。そのために多少のブランディング戦略を行ったことは否定しません」

「そうは言うが……」

「ロイ様も以前おっしゃっていました。カリスマは、素質などではなく作り上げるものだと。エベレストが今みんなから注目を集めるファッションのカリスマとなったのも、本人の素質以上に、正しい戦略があったからです。ロイ様から学んだことを私は決して無駄にはしません」

ペルシャは開き直ってペラペラと自供を始めた。犯人は炙り出された。僕を孤立させた罪をこの男には償ってもらわなければならない。

マッシュは喧嘩の種を蒔いたと思えば、すぐに友人たちのもとへと戻っていった。

「僕は生まれながらのカリスマだからそんなことする必要ないだろ」

「ロイ様。自覚がないようですのではっきりと申し上げますが、あなたは少しばかり友好的にすぎるのです。生徒会でスペルビアと行動をともにしていたことは大目に見るとしましょう。サルトルも近年の発展を考えると、決して無視できない相手です。しかし、その他の有象無象に対してはしっかりと線を引いて対応していただきたい。このままでは市民階級の者とも親しくなられるのではないかと気が気ではありません」

心外だ。さすがに平民とホイホイ仲良くするつもりはない。

「君の行動の意図については納得したが、少し行きすぎじゃないか？　アヴェイラム家といえど、僕は次男だし、従兄弟たちも合わせたら僕の代わりはいっぱいいる」

「ロイ様のお爺様――アヴェイラム公爵様は、ロイ様に次男以上の価値を見出し始めているようです」

「どういう意味だ？」

「……あまり申し上げるべきではないのでしょうが、私の行動は祖父の命によるもの、とだけ」

ペルシャの祖父、チェントルム公爵。アヴェイラム派の中枢を担い、僕の祖父の右腕と言ってもいい存在だ。つまり、ペルシャが僕にいろいろと口出しをするのは、もとをたどれば僕の祖父であるニコラス・アヴェイラムに行き着くということらしい。

「理解した――ということは、僕の行動にいちいち小言を漏らすのは、ペルシャ自身の意思ではないというわけだな。それを聞いて安心したよ。最近君が口うるさい小姑に見え始めていたからな」

「……祖父に言われているとはいえ、私自身がロイ様に対して思うところでもありますが」

「……他人のためにこれほど忠告ができるのは素晴らしいことだ。僕もいい友人を持ったものだな。ははは。――おっと、そろそろ授業が始まるみたいだぞ」

三人の教師がグラウンドに入ってくるのが見え、僕は立ち上がった。右隣から何か言いたげな視線を感じつつ、僕は生徒の集まるところへと歩いていった。

生徒は魔力検査の成績ごとに十人弱ずつ、三つのグループに分けられた。

少し離れた位置に大きな石の壁が三つ並んでいる。グループごとにそれぞれの壁の正面に移動した。僕たちのグループは真ん中の壁だ。石の壁には、弓術の練習に使われるような円盤状の的のような出っ張りがある。あれを目掛けて魔法を撃つようだ。

僕とペルシャは『優』のグループだ。エベレストも同じグループだが、他の二人の女子生徒と行動している……というより二人の女子生徒を従えていると言った方がいいかもしれない。彼女らはエベレストの半歩後ろを歩いていた。さすがだ。

当然ヴァンも『優』グループだ。あとはルビィ・リビィもいる。彼はこの授業でも巾着袋を握りしめていて、その変わらなさにはもはや安心感すら覚える。心配なのは、いじめっ子のリアム・ドルトンもいることだ。

ドルトン家はスペルビア派だが、スペルビア派も一枚岩ではないからヴァンも大変そうだ。アヴェイラム派にリアムみたいな問題児がいなくてよかった。

ふと、視線を感じてそちらを見ると、『優』グループ担当の魔法教師と目が合った。三十代か四十代くらいの前髪の長い男だ。

彼は僕を観察するように目を細め、ふんと鼻を鳴らした。

なんだ、今の。

「じ、じ、ジョセフ・ナッシュ。私が『優』グループのた、た、担当です」

彼はナッシュと名乗った。『優』グループを受け持つということは優秀な教師なのだろうか。

「あなた方はまず、杖(つえ)の使い方を学びます。こ、こ、これから配る杖は初心者用のものですから、ざ、座学で習った通り、魔力容量が小さく、比較的安全に扱えるでしょう」

ナッシュ先生の話し方は特徴的だった。彼が言葉につかえるとリアム・ドルトンが笑ったが、本人は気にしていないようだった。

「一人ずつ順にし、指導をしていきます。さ、さ最初は優秀な生徒に手本を見せてもらいましょうか」

前髪が視界に入るのが気になるようで、ナッシュ先生は神経質そうに、何度も横へと掻(か)き上げた。

ナッシュ先生は生徒を見回し、僕のところで視線を固定した。

「ロイ・アヴェイラムさん、こちらへき、き、来なさい」

そんな予感はしていた。何かと指名されることが多い。教師の覚えめでたいのも考えものだ。

はいと返事をして僕は前に出た。

「あなたのお兄さんは大変優秀でしたよ。まあ、あのエルサ・アヴェイラムさんの子としては、じ、常識的にすぎましたが。あなたはどうでしょうね」

ナッシュ先生は耳を舐(な)めんばかりに体を寄せて言った。あまり気分はよくない。

ナッシュ先生は手袋をした右手で、袋の中から一本の杖を取り出し、石壁の方を向いた。

「さあ、受け取りなさい」

ナッシュ先生から杖を受け取ると、その瞬間、鳩尾(みぞおち)のあたりがむずむずし始めた。魔臓から魔力が出ていきたそうにしている。杖は魔力を魔臓から引っ張り出すための補助装置だと知ってはいたが、実際にやると不思議な感覚だった。いつもは自分で魔力を動かしているから、勝手に動き出そうとするのが少し気持ち悪い。

「何かが、か、体の中から動き出しそうな感覚があるでしょう？　それが魔力です。そ、その、か、感覚に抗わず、押し出してみなさい。そうすれば魔力が杖まで勝手に移動します。最初はか、壁に当たればいいでしょう。さあ、狙いなさい。あなたならできるでしょう？」

丁寧な教え方だった。しかし言葉に毒を感じる。嫌われているのか？

僕は杖先を壁に向けた。壁に当てろと言われたが、どうせなら的を狙ってみよう。

「では、お好きなタイミングで」

僕はむずむずしている魔力を軽く押し出してやった。すると、魔臓から少量の魔力が自動的に引っ張り上げられ、その未知の感覚に僕は咄嗟に魔力を押しとどめてしまう。

「どうしたのです？　優秀なあなたでも最初はうまくできないらしい。期待しすぎましたか？」

的から目を離し、ナッシュ先生を見る。彼は呆れたような、もしくは失望したような表情をしていた。

的に視線を戻す。再び少量の魔力を魔臓から押し出し、今度は気持ち悪さを我慢して杖の引力に任せる。魔力が手から杖へと移動し、杖先から半透明の何かが放出された。

それはすごい速さで空気中を飛んでいった。

的の中心より少し左に当たると、バチッと音を立てて消えた。

おおー、と小さくどよめきが起こる。

『優』グループの生徒だけでなく、左右の『良』と『可』のグループの生徒も見ていた。音が注意を引いたらしかった。

ナッシュ先生を見れば、眉を寄せて複雑そうに僕を見ていた。

「雷属性……」

ナッシュ先生がボソッと言った。

僕はどうやら雷属性らしい。本物の雷ではないと思う。速いとは思ったけど、視認できる程度の速さだった。僕がよく遊んでいるぶよぶよの無属性魔法に雷の属性が付加された感じだった。

「雷属性は珍しいのですか？」

「エルサ・アヴェイラムさんの他に私はし、知りません」

珍しい属性だとデータが少ないから研究しにくそうだな。エルサは仲間が一人増えて嬉しいかもしれない。言うと実験体にされそうだから黙っておこう。

それにしても、エルサの知名度が高すぎてむず痒い。昔エルサが冗談めかして自分のことを優秀だとか言っていたけど、いよいよ信憑性が高まってきたな。

「大変筋がいい。こ、こ、この調子で励みなさい。——次はヴァン・スペルビアさん。前へ。今年は非常に優秀です。一年生ですでに、し、自然魔法を使いこなす生徒が二人もいるのは何年ぶりでしょうか」

先天的に使える身体強化などを自然魔法と呼ぶが、ヴァンと違って僕の身体強化は自然魔法と呼んでいいのか微妙だ。師匠の本で魔力操作を習って会得したものだから邪道だと思う。

ヴァンに以前、通常の身体強化のやり方について聞いたことがあった。僕の場合、魔臓から魔力を動かし、強化したい部位に魔力を溶かすように滞留させる。一方、ヴァンは「強化したいところに意識を集中してる」とかなんとか、わけのわからないことを言っていた。呼吸をするのに説明が必要かとでも言いたげなあのときのヴァンを思い出す。だんだん腹が立ってきたな。

僕はヴァンを睨みつけたが、彼は苦戦することなく、なんなく杖から魔法を出すことに成功していた。僕の半透明の魔法とは異なり、ヴァンのはオレンジ色の炎を纏っていた。的の外縁部に辛うじて当たる。僕の方が真ん中に近かったから多少溜飲は下がった。

人によって属性が異なるというのは習っていたけど、実際に違いを見せられると不思議だ。同じ杖から出ているのに、雷と炎ではまったく別物に見えた。

そのあと、残りの六人も魔法の指導を受けたが、僕とヴァンのようにはいかず、なかなか苦戦していた。その中ではルビィ・リビィが最初に成功していた。それをリアム・ドルトンが憎々しげに睨んでいたのが印象的だった。

他の生徒が悪戦苦闘している間、僕とヴァンは一足先に魔力量を調節する訓練をするように言われた。自由自在に体内の魔力を操作できる僕にとって、魔力量の調節は杖から魔法を出すことよりも簡単だった。それからはとくにやることがなくなった。暇だからこっそり的当てでもしていようかと思ったけどナッシュ先生にバレて怒られる。

魔力が減る感覚に慣れていないうちは、安全のため、魔法を放つ回数の上限がグループごとに決められている。とくに今日は最初の授業だから、教師たちは体調を崩す生徒がいないか目を光らせている。生徒が魔臓不全に陥りでもしたら大変だからだ。

それにしたって暇なものは暇だから、僕はさっきの魔法の感覚を思い出しながら、杖なしで魔力を体外に放出する訓練をすることにした。

人が杖に触れている状態というのは、水の溜(た)まった甕(かめ)に穴が開いているようなものだ。杖を持つ部分が穴で、そこから魔力が流れ出ていく。それを杖を使わないで再現しようにも、穴の開いていない部分から無理やり魔力を押し出さないといけないから大変だ。境界を決壊させるだけの力が必要になる。

四年前の夏休みに小さな魔物を殺したときのことを思い出す。あのとき僕は、自分と魔物の間で魔力を移動させることに成功している。それと同じ要領で、今度は自分と空気の間で魔力を移動させれば杖なしで魔法が撃てるはずなのだが、それがなかなかに難しい。

魔物の体内は人間の体内の組成に近いから、移動は比較的簡単だったが、空気への移動となると相当大きなギャップを乗り越えなければならない。

それを簡易化する杖という道具に、改めて感心する。発明した人には頭が上がらない。

「両手間の移動はできるんだが……」

僕は両の手のひらを合わせ、右手から左手、左手から右手への魔力の移動を何度も繰り返す。右手と左手の間にはたしかに境界が存在していて、移動するとき多少の突っかかりを覚える。

手と手の間に僅かな隙間を作ってみたらどうなるだろう？

うーん。ぷにょっと半透明の物質が飛び出してくるが、これはただの無属性魔法だ。これに属性を加えるだけだと思うけど、全然うまくいかない。

そうこうするうちに時間は経ち、ナッシュ先生が授業の終わりを告げた。

授業の感想を語り合いながら、僕はペルシャと教室へ向かった。魔臓の蓋を開ける感覚を摑むのは難しいらしく、結局できたのは僕とヴァンとルビィだけだった。魔力量の調節についてはできたのが僕だけで、ヴァンとルビィはできなかったらしい。少し安心する。ヴァンに魔力操作まで簡単にこなされたら流石に自信をなくすところだった。

「ロイ様……申し上げにくいのですが、授業中に不審なポーズをするのは控えていただきたいのですが……」

ペルシャが苦言を呈した。目を瞑って合掌していたことを言っているらしい。たしかに傍から見たら不審だったかもしれないと、僕は反省した。

OLD ENOUGH
TO LEARN MAGIC!

アルティーリア学園には三つのハウスがあり、すべての生徒がそのどれかに振り分けられる。それぞれのハウスは寮を持っていて、学期中はほとんどの生徒がそこで生活している。全寮制ではないが、学園は入寮を推奨している。僕のように通学する生徒は稀だ。

シャアレ、ラズダ、ニビの三つのうち、僕はシャアレに属している。ペルシャ、エベレスト、マッシュもシャアレで、ヴァンとエリィはラズダに入った。驚きはない。

ラズダは初代女王の名にちなんでいる。彼女はモクラダ王国という小国出身だったが、グラニカ島の国々を歴史上初めて統一し、グラニカ王国を建国した。偉大な人物だから、彼女の名は店の名前などにもよく入れられる。僕の行きつけの本屋の『ラズダ書房』もその一つだ。シャアレは彼女の義弟だ。ラズダ女王の子はみな夭逝してしまったから、彼女の死後、王位は義弟のシャアレに継承された。今の王族はシャアレの血を引いていて、僕にもその血は流れている。

食堂での昼食を終えると、僕とペルシャは寮へと向かった。僕は寮生ではないけど、ハウスには所属しているから、シャアレ寮の談話室を利用することができる。昼休みなどはよくここに来て出された宿題をやる。今日は歴史の宿題が出ていた。ペルシャと二人でこなしていると、寮長をしている先輩――アダム・グレイが僕を呼んだ。ナッシュ先生が談話室の外で待っているとのことだった。

なんの用だろう。彼には最初の杖の授業のときからいい印象は持っていない。僕に対してだけ嫌味っぽいというか。あれから二ヶ月経った今でもずっとあんな調子だ。

ペルシャに「行ってくる」と言って談話室を出た。ナッシュ先生が廊下の壁に寄りかかり、苛立たしげに地面を足の裏で小刻みに叩いている。彼は僕に気づくと、壁から背を離した。

「こ、こ、校長があなたを呼んでいます。ついてき、来なさい」

僕の返事を待たず、ナッシュ先生は歩き始めた。

状況についていけない。校長に呼ばれるような素晴らしいことをした覚えはない。

教室棟を経由し、教師たちの部屋がある『はぐれ館』までやってきた。初めて訪れたが、子供たちの声がなく、静かで過ごしやすそうだ。

とある部屋――おそらく校長室だろう――でナッシュ先生は立ち止まり、ドアをノックした。中から「どうぞ」と返事があった。ナッシュ先生がドアを開ける。

「ロイ・アヴェイラムを連れてきました」

彼はそう言うと来た道を戻っていった。

背筋を伸ばして入室すると、執務机の前に座っていた白髪の目立つふくよかな男が立ち上がり、笑顔で僕を迎えた。ちょっと胡散臭い。

「よく来たね、ロイ・アヴェイラム君。さあさあ、座ってくれたまえ」

校長が革のソファに座り、手に持っていた封筒を目の前のテーブルの上に置いた。正面のソファに座るよう促される。僕は猜疑心を胸のうちに隠し、表情筋を柔らかくしてソファに座った。

「失礼します。お初にお目にかかります、校長」

「君の話は僕の耳にもよく届いていてね、勉学、運動、魔法のすべてに長けた、目覚ましい才能の持ち主だと聞いているよ」

「ありがとうございます」

「今日来てもらったのは、そのうちの魔法に関することだ」

校長はテーブルの上の封筒を手に取り、僕に差し出した。よくわからないまま、封筒を受け取る。

「魔法学の講演会の招待状だ。アルクム大学のワイズマン教授が、ぜひ君を招待したいとおっしゃってね」

ワイズマン教授。魔力検査を受けたとき、あの男がそう名乗っていたのを思い出す。また会おう、みたいなことを言っていたけど、あれは社交辞令じゃなかったらしい。彼はエルサのことを高く評価しているみたいだったから、息子の僕にも期待をしているということだろうか？　一度話しただけだから、僕を招待する理由なんてそれくらいしか思いつかなかった。

「これは大変名誉なことだ。毎年その講演には国中の優秀な学生が招待されている。我が校からも、毎年優秀な生徒は招待されるが……残念ながら呼ばれない年もある。それだけ貴重な機会だ。そんな中、一年生の君が選ばれるのがどういうことかわかるかね。ぜひとも、アルティーリア学園の代表として参加していただきたい」

校長はなんとしても参加させたいらしかった。もちろん答えはイエスだ。魔法学の講演会と聞いて、行かない手はない。

「大変光栄です。ぜひ参加させてください」

そう言うと、校長は仮面のような笑顔の上に、さらに深く皺(しわ)を刻んだ。

校長の激励の言葉と、我が校の名を貶(おとし)めることのないようにとの執拗(しつよう)な忠言から解放され、昼休みが終わる頃にようやく寮の談話室へと戻った。次の授業の時間が迫っていたから、僕は教室へと急いだ。


最後の授業が終わり、僕とペルシャは教室に残った。

封蠟(ふうろう)を砕いて手紙を取り出し、いっしょにそれを眺める。

ロイ・アヴェイラム様

毎年九月に、アルクム大学の中央迎賓館にて魔法学の講演会を開催しております。我が国の魔法学会において最大の催しであるこの講演会は、国内有数の魔法学者たちの良質な意見を聞くことのできる貴重な機会です。

例年、有望な学生たちにお声がけさせていただいており、このたびあなた様を招待できますこと、心より嬉しく存じます。もしロイ様がお母様のような立派な研究者を志されるのであれば、決して損をすることはないでしょう。講演会の最後には、僭越ながら私も少しだけ話をする時間をいただいております。ご出席いただければ、大変光栄です。

また、もしよろしければ講演会が始まるまでの間、私の研究室の見学をされてみてはいかがでしょうか。きっと将来のための有意義な時間を過ごすことができるでしょう。ぜひ、ご友人も連れてお越しください。

日程や場所などの詳細は別紙に記載いたします。

ウィリアム・クラーク・ワイズマン

アルクム大学物性魔工学教授

同封されていたもう一枚の紙には、講演会の日程や場所、研究室の場所などが記されている。

「どうなさるおつもりですか？」

「もちろん行くよ。国内最高峰の研究者たちの考え方を知る機会などそうそうないからな。ペルシャは？」

「私ですか？」

「友人を連れてと書いてあるだろう？　エベレストとマッシュも連れていけばいいんじゃないか？」

「それは大変ありがたいお話ですが……」

　ペルシャは眉間に皺を寄せた。

「何か予定でもあるのか？」

「いえ。私は自身が優秀であると自負してはおりますが、魔法学に関しては、まだ学び始めて日が浅く、参加したところで内容を理解できないのではないかと思うのです」

　意外だ。ペルシャが学問に対して臆病になっているところを僕は初めて見た。

　人並外れて頭のいい彼ならなんでも理解できると思っていたけど、考えてみれば、まだ数ヶ月しか学んでいない分野で専門家の講演に躊躇するのはおかしなことではない。

「君からそんな弱気な言葉を聞くとはな」

「……私はロイ様のように四六時中魔法学の知識を詰め込み続けているわけではありませんので」

　普段よりいくぶん落とした声の調子には非難の色が含まれているように聞こえた。不貞腐れた子供のようだ。

「この講演会には研究者の他に、他分野の一般学生や政治家なども参加すると校長が言っていた。できるだけ多くの人に理解してもらうために、専門性を低くして一般的な内容に落とし込んでくると思うから、そこまで気負う必要はないだろう」

偉い人の講演とは経験上そういうものだ。畑の違う人間に一生懸命難しいことを説明してもしょうがない。

「そうですか。それならば同行いたしましょう。とはいえ、エベレスト……はまだよいとして、マッシュに理解できるでしょうか」

「それは、まあ、何ごとも経験が大事ということで」

「はあ……」

ペルシャは納得していない様子だ。あまり適当なことを言うと、また小言をいただきそうだから話題を変えよう。

「ところで、校長はスペルビア派か？」

「なぜです？」

「口ではおだてるようなことを言っていたが、なんとなく歓迎されていないように感じたんだ」

「結構な野心家だと聞いております。あの男には気をつけた方がよいかもしれません。とくにロイ様は」

「なぜだ？」

「彼は数年前までアヴェイラム派の議員でしたが、党内の中核——つまりロイ様のお爺様や私の祖父と衝突し、今は中立派となっております。この学園の校長になったのは、天下りという体の厄介払いというわけです」

　彼の笑顔が作られたもののように感じたのは、そういうことだったのかもしれない。あの仮面の下に僕への憎悪を隠していたのだとしたら、厄介なことになりそうだ。

「ナッシュ先生といい、校長といい、入学してから僕の与り知らぬところで恨みを買っているのは気に食わないな」

「あの魔法教師に関しては私もよく存じ上げませんが、ロイ様のお母様と同級生だったらしいですよ」

「ふうん。だったら僕の母親が何か気に障ることをしたに違いない。彼女は他人の心に鈍感なところがあるから」

「なるほど。血のつながりを感じますね」


　前期の期末試験を二位で終え——文系科目で後れをとった僕は附属校で四年間守り続けた一位の座をペルシャに明け渡した——入学して初めての夏休みを過ごしている。

　母の書斎で魔法学の勉強をしたりベルナッシュの本邸に行ったりと、例年通りに過ごしていたら、あっという間に夏休みが半分終わり、気がつけばもう九月だ。学園に進学しても代わり映えのしない夏休みを送っているこの僕だが、今日はついに講演会の日。休み中に家族の用事以外で外出しない内向的な自分とはいったんお別れだ。

講演会の招待状をもらった日、そのことを父のルーカスに伝えたら、現役アルクム大学院生の兄が付き添いをしてくれることになった。

昨年度、兄のエドワードは三年間の学士課程を修了し、今年から修士課程に入った。これからだんだんと忙しくなってくるはずだ。僕たち四人の子守を任されるのは、なかなかに煩わしかろう。

朝食を済ませてすぐに僕とエドワードは馬車に乗り込んだ。講演会は午後からだが、まず兄の研究室に寄ってから、そのあとワイズマン教授の研究室へ挨拶にいき、そこで講演会までの時間を過ごす予定となっている。

「兄上、研究の調子はいかがですか?」

隣に座るエドワードに問いかける。論文の提出まで半年を切っているから、そろそろ大変な時期だ。

「それを聞いてどうするんだ?」

「僕も大学に進学する予定なので、研究や論文の苦労などを知っておきたいんですよ」

「そうか……。そうだな、俺は修士課程に入ってからすでに論文を一本書き上げているから、今の研究がうまくいかなくても最悪そっちを出せばいい。指導教官のお墨付きももらってるしな。周りと比べたら気楽なものだ。研究テーマが決まるのが遅かったせいで今必死になっている学生も多い」

「さすがは兄上」

「……運がよかっただけだ」

修士は一年間しかないから時間がとにかく足りなくて、論文を提出できずもう一年……なんて学生も多いと聞く。エドワードには無縁の話のようだが。

「兄上の専攻はたしか、軍事魔法学でしたよね？　研究テーマをお聞きしてもよろしいですか？」

「構わないが、お前も軍事に興味があるのか？」

「軍事はそれほどでもないのですが、軍事魔法学には興味があります。魔法という単語がついてますからね」

「軍事魔法学は戦争における魔法の立ち位置を模索する学問だから、基礎研究としての魔法学とはまた別だが……まあいいか。俺はもっぱら、魔法部隊の運用の効率化について研究している」

「効率化というと、時間的または空間的な効率を高める、ということでしょうか」

「まあそのようなものだ。これまでも効率化に関する研究はいくつかあったが、どれも今一つ正確性に欠けていた。そこで俺は、魔法使いを各人性能の異なる兵器と考え、魔力量、連射性能、殺傷能力などを数値化することで、定量的に効率化を図る手法を提案した」

魔法使いを全員平等に一人の兵士として換算するのではなく、能力で重み付けして運用効率を最大化する、ということか。個人の戦闘能力に大きく差がある世界ならではの考え方かもしれない。

聞いてはみたけど、あまり惹(ひ)かれない内容だった。魔法の軍事利用という方面は僕の進むべき道ではないようだ。

「なるほど。実際にその評価方法が軍に採択されれば……魔法兵というリソースの管理がしやすくなりそうですね。戦術の幅も広がりそうです」

「ああ。局所と全体のバランスが取りやすくなる。より正確な損耗率の計算が可能になるから、今が撤退すべき局面か、もしくはさらにリソースを供給すべき局面か、妥当性の高い取捨選択にもつながる……はずだ。理論上はな。――なかなか話がわかるじゃないか、ロイ。興味を持ったか？」

「いえ、残念ながら。どうも僕はマクロな視点を持つのが苦手みたいで。あまり向いていない分野のように感じます。――ところで、今話していたのはすでに教授にお墨付きをもらっているという論文の方ですよね。今取り掛かっている方は……」

「今やってるのはもっと理論に偏った……そうだな、言ってしまえば机上の空論だ。一本目の論文を書いているときに思いついたアイデアなんだが、理想的な魔力タンクという概念を導入する。それの配置を数学的に――」

エドワードが話を中断した。慣性に従って背もたれから上半身が浮き、馬車が減速を始めたことを知覚する。

「もう到着だ。少ししゃべりすぎたな」

そう言って彼は苦い顔をした。

進行中の研究の内容を早く誰かに語りたいという気持ちと、まだ誰にも知られたくないという気持ち。多くの研究者やその他クリエイティブな仕事をする者の持つアンビバレントな感情だ。それが見込みのある——少なくとも研究をしている段階ではそう思っている——アイデアであるならば、なおさら。

馬車を降りてアルクム大学の正門を通り抜けると、歴史の重み漂う荘厳な石造りの建造物に囲まれた、一面緑のコートヤードが視界に広がった。この門を初めてくぐる新入生は、これを見るためだけに入学してきたと錯覚すると言われているが、それも頷(うなず)ける光景だった。これから始まる大学生活への期待に胸を弾ませる新入生たちの姿が目に浮かぶ。

僕とエドワードは一番乗りだったようで、門のすぐそばで待つことにした。少し待つと、マッシュがひょっこりと顔を出し、その少しあとにエベレストとペルシャが現れた。

三人とも定刻通り。今回の講演会は課外活動のような扱いになっており、全員学園の制服を着用している。国内トップの大学に見学にきた中学生感があって微笑(ほほえ)ましい気持ちになり、すぐに自分も周りからは同じように見られていることに気づいた。エドワードはさしずめ、大学ツアーガイドの学生ボランティアか、もしくは引率の先生といったところだ。

「チェントルム家の君はずっと前に一度会ったことがあるけど、二人は初めましてだね。私はロイの兄のエドワード。みんなの話はロイからよく聞いてるよ」

誰だお前と言いたくなるような爽やかな笑みを浮かべながら、エドワードが穏やかに自己紹介をした。とても優しそうなお兄さんだった。

彼は外面がいいのだな。家での僕への態度からは想像がつかない。僕がいつ、あなたにみんなの話をよく聞かせたのか。

「お久しぶりです、エドワード様。お噂はかねがね。改めまして、スタニスラフ・チェントルムと申します。よろしくお願いいたします」

ペルシャが挨拶をした。あだ名に慣れてしまって、本名を言われると少し違和感がある。

「よろしく。お互いに学生を卒業したらチェントルムである君とは関わる機会も多いだろう。それほど畏まらなくても大丈夫だよ」

「承知いたしました」

なおも丁寧に振る舞うペルシャにエドワードは苦笑した。ずっといっしょにいる僕にも砕けた態度を滅多に取らないのだから、気さくなペルシャを期待するのは時間の無駄だ。

「わたくしはルーシィ・アルトチェッロと申しますわ。以後、どうぞお見知りおきを」

カーテシー。美しさの中にほんの少しの高慢さを染み込ませた、エベレストらしい所作であった。

「こちらこそどうぞよろしく、レディ」

「ボクはフィリックス・ブラーム。よろしくお願いします」

「よろしく。君はたしか、ピアノが上手な子だったかな？」

「べつにふつう、ですけど」

ふつう、か。芸術家というものは概して、己の技量を当たり前に持つものとみなし、過小評価する傾向がある。素人の僕の耳では才能の程度は測りきることができないが、マッシュの演奏が上手な部類であるのはわかる。謙虚に振る舞っているのではなくて、本気で自分のレベルを普通だと思っていそうなのが、芸術家たちの厄介なところだった。

僕は芸術の道に進む者たちを見て、なんて非合理的な生き物なんだろうと思う。しかし、一方でその生き方を羨ましいとも思うし、彼らに対して常に僅かな劣等感を抱えている。

だからマッシュにもちょっとだけ嫉妬してしまう。

最近マッシュは作曲の勉強を始めた。普段は何を考えているかわからないし興味の対象があっちへこっちへと飛ぶ自由気ままなやつだけど、音楽に対してだけは変わらずにまっすぐだ。僕も羨んでばかりではなくて、そういうところは見習っていかないと。

顔合わせが済み、僕らはエドワードに連れられて大学の施設を見て回った。彼の研究室にも訪れ、研究室のメンバーに弟だからと可愛(かわい)がられた。

兄は彼らに異常なくらい慕われていて、誰だこいつパートツーだった。もしかしたら本当に別人なのかもしれない。みんなの人気者みたいなこの兄は実はただの泥人形で、本物の兄は数日前に雷に打たれ、今ごろ沼の底に沈んでいると思う。

兄改め泥人形は、最後に僕たちをワイズマン教授の研究室に送り届けると、研究の続きをするからと言って戻っていった。去り際、ペルシャたちに、これからもうちのロイをよろしくとかなんとか言うのを見て、僕はあれが偽物であると完全に確信した。研究の続きとはただの方便で、どうせ今頃は乾燥して崩れ始めた泥の顔を水で固めているに違いないのである。

ワイズマン教授の研究室には研究生らしき女学生が一人だけいて、部屋に入った僕たちを出迎えた。

その顔に見覚えがあった。魔力検査のときに教授の横にいた女性だ。

「ようこそ、ワイズマンラボへ。私はフランチェスカ。ロイ君とそのお友だちを案内するように教授から言われているの」

「ロイ・アヴェイラムです。今日はよろしくお願いします。――教授や他の方はいないのですか？」

「あれ、聞いてなかったかな？　講演会の準備で会場の方に行っちゃってて、今日は私一人なの」

「なるほど」

実験器具が雑多に置かれた大きなテーブルが部屋の真ん中にあり、僕たち四人はその一辺に並んで座った。

フランチェスカはお茶を出すと言って、テーブルから実験器具らしき金属製の底の深い鍋を持って部屋の奥へと行き、水を入れて戻ってきた。彼女は吊り下げ式のその鍋をスタンドに引っかけ、その下にガラス製のアルコールバーナーを置くと、小さな細い棒状の何かを上着の胸ポケットから取り出し、バーナーの芯に火をつけた。

「それなんですか？」

初めて見る着火道具が気になり、僕は尋ねた。

「ああ、これ？　これは私が自分用に作った小さな杖だよ。私、火系統だからさ。火が必要なときにパッと着けられて便利なんだよね」

「ボクも火なんですけど、試してみてもいいですかあ？」

マッシュが興味深げにフランチェスカの手元を覗き込んだ。

「あー、これ見た目はおもちゃみたいだけど、杖とおんなじ素材を使ってるんだよ。魔法使いの免許は必要ないんだけど、グレーゾーンみたいな感じ」

「ええー。ちょっとくらいいいじゃん」

「……じゃあちょっとだけね」

マッシュは小さな杖を手渡された。頑張って火を出そうとしているが、うまくいかないみたいだ。

「できない」

マッシュが不満そうに杖をフランチェスカに返した。

「あなた、学園の杖の授業でもまだ成功していないのではなくて？」

エベレストが指摘する。

「そうだけど、こっちの方が小さいから簡単だと思ったんだよ」

マッシュは『可』のグループだ。『優』のグループの生徒は夏休み前にはすでに全員が杖から魔法を出すことに成功したが、他のグループではマッシュのようにまだできない生徒も多いらしい。

「ごめんね。それじゃあ、代わりに他の秘密道具をいろいろ見せてあげるね」

フランチェスカはテーブルの上の道具をひとつひとつ紹介してくれた。使えそうなものもあればいったいなんの役に立つのかわからないものまで様々だ。魔物や魔法植物の不思議な素材などは、工業的な需要がありそうだ。

これはなんだろう？

亀の甲羅みたいなものに細い木の棒が取り付けられている装置を持ち上げてみる。手のひらサイズだが、ずっしりとした重みがある。

「フランチェスカさん、これはなんですか？」

「それはフォネテシルトっていう魔物の甲羅に魔樹(まじゅ)の動脈をくっつけたものだよ。フォネテシルトは甲羅を振動させて周りの音を再現することができる魔物なの。ワイズマン教授は魔物の生態にも詳しくて、この研究室にそういうのたくさん置いてあるんだ」

「音を再現……」

指でコツコツと叩いてみるが、何も起こらない。木の棒のところを触ると、魔臓がむずむずした。杖を持ったときと同じ感覚だ。僕はその感覚に従い、魔力を送った。

――ブオオオン。

「っと、驚いたな」

甲羅が振動し、厚みのある不協和音が響いた。僕はすぐに棒から手を離す。

「へえ、ロイ君はそういう音になるんだ」

　フランチェスカが意外そうにつぶやいた。

「珍しいのですか?」

「あんまりサンプル数は多くないんだけど、その中では初めて聞くタイプかな。普通は基音とその倍音がもっとはっきりしてて、もう少し——えっと、なんていうか、聞ける音になるんだけど……」

　フランチェスカは言いにくそうに言葉を濁した。

　珍しいは珍しいんだけど、彼女の様子から、悪い方に珍しいみたいだった。最初の魔法の授業で魔法教師のナッシュ先生が僕の雷魔法は珍しいと言っていたが、それと何か関係があるのだろうか。

　僕のあとにフランチェスカ、ペルシャ、エベレストが順に音を出したが、どれもたしかに『聞ける音』だった。マッシュも試していたけど、やはりまだ魔力を魔臓から送り出す感覚が掴(つか)めていないようで、唇を尖(とが)らせていた。

「ああ、そうそう。ロイ君にアレを見せておけって教授に言われてたんだった」

　フランチェスカはひとしきり魔法ガジェットのトークを繰り広げたあと、思い出したように立ち上がった。彼女は後ろの棚から紐(ひも)でまとめられた紙束を手に取り、テーブルの上に置いた。

「これはね、物性魔工学研究室の論文のリスト。歴代の卒業生全員分あるんだよ。ワイズマン教授に引き継がれる前の、この研究室の前身の頃のものもあるから、合わせるともう五十年くらいになるかな。まあ、五十年なんて自然哲学系の研究室と比べたらまだまだ若いんだけどね」

「なぜこれを僕に？」

「見てみるといいよ。きっとおもしろいから」

僕は紙束を手に取り、最初のページを開いた。論文タイトル、著者、提出年月の形式でリストになっていて、一番上は五十四年前のものだ。上から順に見ていくと、魔法の特性に関する論文が多く見受けられた。

うん？　これは珍しく魔力に関する論文だな。

魔力の発生に関する発見的見地――イライジャ・ゴールドシュタイン
著者の名を見て僕は衝撃を受ける。

イライジャ・ゴールドシュタイン。僕がこの世で最も尊敬する魔法学者だ。

彼はここの研究室出身だったのか。

「どう？　見つけた？」

見つけた、とはどういうことだ？　僕が師匠の本を読んでいることや、彼を尊敬していることはエルサしか知らないと思っていた。

彼女がワイズマン教授に伝えたのだろうか。でも書斎にある資料のことは誰にも言わないようにとエルサには釘を刺されている。教授には言ってもいいのか？

「ええと、何をですか？」

「もう、ロイ君のお母さんの論文に決まってるじゃない。エルサさんもここの研究室出身なんだけど、聞いてない？」

エルサも？

もう一度リストに目を落とす。ええと、エルサはだいたい十年ちょっと前だから――。

魔力の波動的特性とその同一性――エルサ・アッシュレーゲン
見つけた。絶妙に気になるタイトルだ。

「ありました。母がこの大学出身なのは知ってましたが、研究室までは知りませんでした。――あの、この論文の内容を見ることは可能ですか？」

「やっぱり興味あるんだ。いいよ。今持ってきてあげるね」

フランチェスカは部屋の奥のドアから隣の部屋に入っていった。資料室か何かだろうか。

「見たいか？」

僕は論文のリストをテーブルに置いた。

「ボクはいいや。見てもわかんないし」

「わたくしもあまり……」

エドワードに大学を案内されているときはもう少し楽しそうだったけど、今は二人ともつまらなそうだ。

興味がない研究室ならこんなものか。僕もさっきエドワードの研究室にいたときはたぶんこんな感じだった。

「何か、将来学びたいことはあるのか?」

自分で聞きながら、まるで子供の進路を不器用に探る父親みたいだと思う。

「よくわかんない。音楽がやれたらボクはなんでもいいかなあ」

「もっと具体的にはないのか? 卒業後に有名なオーケストラに入るとか、アスタ王こ……共和国に留学するとか」

「大勢で演奏するの、あんまり好きじゃないんだよね、ボク。大陸に行くのもめんどくさそうだし、行ったとしてもボク、グラニカ語しか話せないし。というか、音楽やるならアスタよりトーデンシアだよ。名門の音楽院があるんだ」

「そういうものか。音楽には疎くてな」

音楽は畑違いすぎて全然わからないな。

僕の中の想像の音楽家は、四六時中楽器の練習をしていたり苦悶の表情を浮かべながら楽譜に向き合っていたりするけど、マッシュは悩みなどなさそうに気楽に生きてそうだ。

当然マッシュなりの努力や苦悩があるだろうから決めつけはよくないけど、決死の顔をしたマッシュはどうしても想像ができない。

案外こういうタイプの方が、途中で折れることもなく、成功しやすいのかもしれない。

「エベレストはどうだ?」

「わたくしはその……まだちゃんと考えたことはありませんの。……ただ、経営などには少しだけ興味がありますわ。ほら……その、エリィさんとのこともありますし」

「ああ、そういえば言っていたな。自分だけのブランドを持ちたいと。応援するよ」

「ありがとうございますわ。ですが、自分だけの、ではなく、わたくしとエリィさん二人のブランドとおっしゃってくださいまし」

「あ、ああそうだな。君とエリィ・サルトル二人のブランドだ。応援するよ」

エベレストは満足げに頷いた。

初めからそのつもりで言ったのだが、彼女にとってはわざわざ言い直させるほど重要なことらしい。

「ペルシャは……やはり政治学か」

「はい。他には哲学にも関心があります。社会哲学や政治哲学などはとくに」

三人とも具体性に差こそあれ、僕らくらいの歳でやりたいことが決まっているのは、なんだか眩しかった。同世代の夢や進路を聞くのは年長者の成功体験を聞くよりもずっと触発される。

隣の部屋からフランチェスカが戻ってきた。手には大きめのボタン付き封筒を持っている。

「ごめん、結構探しちゃった。はい、これがエルサさんの修論の複製。研究室の外には持ち出せないから、読むなら講演会までの間にお願いね。もちろん、また遊びに来て読んでくれてもいいよ」

「ありがとうございます」

封筒を受け取り、ボタンに巻かれた紐を指でくるくると解いて論文を取り出した。読み始めるとすぐに人の声は遠のいていき、さらに深く潜れば環境音すらも聞こえなくなっていく。

人が魔臓で生成する魔力には波動的特性があり、人はそれぞれ特徴的な魔力の模様を持つ、というのがこの論文の要旨だった。

＊

魔力の発生に関する議論は、四半世紀前、イライジャ・ゴールドシュタインの『魔力の発生に関する発見的見地』により始まった。ここで予言された魔素という概念は、いまだ証明にこそいたっていないが、いくつかの研究結果〔3〕〔4〕〔5〕がその存在を示唆している。

＊

研究の背景のところに書かれたこの文から、エルサの修士論文はイライジャ師匠の研究を発展させた内容だとわかる。

彼女の書斎に師匠の研究資料が多くある理由の一端が見えた。しかし、師匠の研究のほとんどは世に出ていないはずだから、あれらの資料の入手先がどこなのか不明だ。エルサの勤める王立研究所から持ってきたもの？　それとも、エルサには師匠の研究にアクセスする何か他の伝手があるとか——。

「——ロイ君。おーい、ロイ君？」

「——え？　あ、はい。なんでしょう」

「読んでるとこごめんだけど、そろそろ出るよ」

もう講演会の時間か。文字を追っていると時が進むのが早いな。

「ええ、行きましょうか」


講演が行われる迎賓館はその名の通り、主に学外からお偉いさんを招待するときに利用されるらしく、周囲の建物よりもいくぶん目立つ外装をしている。施設内には小さなセミナー室や会議室から、演奏会が行われるような大きなホールまで、様々な用途に対応した部屋が設けられている。今日講演があるのは、その中でもそこそこの大きさのホールだとフランチェスカさんは言った。

ぞろぞろとフランチェスカについていき、両開きの大きな扉が開きっぱなしになっている入口を通り抜け、迎賓館の中に入った。すぐ正面にどっしりと存在を主張する幅広の階段があり、きっちりとフォーマルな服を着こなした大人たちや、僕たちよりも少し上の年代の学生たちが上っていくのが見えた。それなりに招待客は多そうだった。

階段を上って右に進んでいくと、人々が吸い込まれていく部屋があった。扉の脇には人の好さそうな中年の男が立っていて、入場する招待客を穏やかな笑みで迎えている。

フランチェスカが彼に挨拶をした。よく聞き取れなかったが、なんとか先生と呼んでいたから大学の先生だろう。

ホールの中は入口からなだらかな下り坂になっていた。舞台を中心に扇を開いたような形状だ。定員は百人弱といったところか。このくらいが、人の肉声が無理なく届くぎりぎりの大きさだと思う。

中央通路を少し下りたところでフランチェスカがこちらを振り向いた。

「前の方は偉いおじさんたちが座るから、学生が座るのはここら辺。適当に座っていいよ。私は研究室のメンバー用の席が別にあるから前に行くけど。それじゃあ、大丈夫だと思うけどいい子にね」

そう言い残してフランチェスカさんは中央通路をさらに下っていった。

「どうする？」

ペルシャに聞いた。

「見た感じ年功序列のようなものがあるようですから、私たちは後ろの方にしておきますか」

ペルシャが会場を見渡して、言った。

「それじゃあこの列でいいか」

僕は左手側の一列を指差し、ペルシャたちに入るように促した。

「平民もいるんだからボクたちが遠慮する必要ないのに」

「いいではありませんか。全員を見下ろせるんですもの」

マッシュがぶつくさ言いながらも最初に入っていく。基本的に高いところが大好きなエベレストはとくに文句もなくマッシュに続いた。

僕はこういう形状のホールは後ろの方に座るのが好きだ。舞台から遠くて演者の顔が見えなかったり声が少しぼやけてしまうのは難点だけど、空間全体を俯瞰(ふかん)して見るとなぜか高揚する。

そのあと席は続々と埋まっていったが、僕たちの列には誰も入ってこなかった。少し後ろの方に座りすぎたかもしれない。

「なんか、記憶にある顔の貴族が何人かいる気がするが」

「……招待されているのはアヴェイラム派の貴族が多いようです。私も彼らの多くとは会ったことがあります」

毎年夏にアヴェイラム家本邸のあるベルナッシュで二週間ほど滞在するが、その間、祖父を訪ねて屋敷までやってくる人をときどき見る。詳しく教えてもらったことはないけど、アヴェイラム派の貴族だろうとは思っていた。とすれば、この講演会には結構なお偉いさん方が招かれているということか。

僕は背筋を伸ばし、襟を正した。

「——おや、チェントルム公のお孫さんもいらしてましたか」

右側から声がかけられた。見ると、整髪料で黒髪を片側に撫でつけた品の良さそうな二十代くらいの男が中央通路からこちらを覗き込んでいた。その隣にはパートナーらしき若い女性が男の右腕に手を添えている。

左に座るペルシャが立ち上がる。

「これはこれは、ブラウンご夫妻。またお会いできて光栄です。あれから、お仕事の方は順調でしょうか」

「ええ、おかげさまで――もしや、そちらの方は……」

男が僕の方を見た。挨拶をした方がよさそうだ。

「どうもはじめまして、ブラウン様。ロイ・アヴェイラムです。どうぞよろしく」

ブラウン夫妻のことなど露ほども知らないが、にこやかに挨拶を交わし、順に二人と握手をした。

「やはりあなたが……。鋭い目つきがルーカスさんにそっくりだから、すぐにわかりましたよ」

「よく言われます。真顔だと怖いとも」

「ふっ。ルーカスさんよりは柔らかい印象ですよ。あの方は笑いませんから……。ともあれ、お会いできてよかった。講演会が終わったらまたお話ししましょう」

夫妻は再び腕を組み、通路を下りていった。僕は席に座り、ペルシャの方を見る。

「ロイ様……。ブラウン夫妻はですね、昨年、製菓会社を立ち上げ、今社交界で最も注目を集める大物ですよ。ロイ様はお菓子がお好きなのですから、覚えておいても損はありません」

視線で誰だあれと言ったのが伝わったようで、ペルシャが呆れた様子ながらも解説をしてくれた。今度メイドのイザベルにブラウンのお菓子を買いにいかせることを頭の片隅にメモをした。

講演会はまもなく始まった。

来賓演説者が一人あたり二十分ほどの持ち時間で順番に話をしていく。学生に向けて研究のメソッドや心構えを説く人、自身の研究内容を簡潔に説明する人、魔法学の未来の展望を語る人。分野の最先端に立つ研究者たちの言葉は、含蓄があり、洗練されていて、聞いているだけでやる気にさせてくれる。来てよかったと思えた。

そしていよいよ最後。ワイズマン教授の講演が始まった。

彼は魔法学全体のおおまかな現況の話から入り、少しずつ専門性を高めていった。魔力検査のときにほんの少し話した限りでは、魔法のことになると饒舌になる男、という印象だった。この講演においてもその印象は覆らず、しかし早口で聞き取りにくいということもない。魔法への思いが節々から伝わってくるような熱量のある話し方だった。

「ですので――」

後ろで扉が開く音が聞こえ、教授が言葉を切った。

右に首を向けると、顔を俯かせながらホールに入ってきた大柄な男の姿が目に入った。男は自分の席を探すように左右を見渡しながら中央の通路を下りていく。彼が右を向いたとき、襟元からちらりと痣が見えた。

「えー、ですので、魔力の持つ性質を解き明かすことは物性魔工学だけでなく、魔法科学全体の発展に必要不可欠であり、これから少なくとも一世紀以上にわたって盛り上がりを見せるだろうと私は確信しております」

どこかで見た横顔だ。会ったことがあると思うのだが、どこだっただろう。思い出すきっかけを摑もうと、僕は彼の動きを目で追った。歩き方がどことなくヴァンに似ている。運動の得意な者の動きだ。

男は、いわゆる偉い人たちの座る右前方の一角、その三列目に入っていった。政治家……にしては若い。大学生くらいに見える。となると、若い研究者だろうか。

「本日お越しくださった方の中には、研究者を志す若者も多いことでしょう」

座る場所が決まったのか、男は立ち止まり、腰を下ろした。ちょうどブラウン夫妻の後ろの席だ。結局思い出すことができず、僕は舞台上のワイズマン教授に集中しようと視線を戻そうとする。が、その直前、男がジャケットの内側に右手を入れるのが見え、彼の動きを注視する。彼は懐から長い何かを取り出し――出てきたものの場違いさに僕の思考は束の間停止した。

あの男は何をしているんだ。なぜこんなところで――

その鈍色の刃は、窓から降り注ぐ日の光を反射した。教授の声がやけにスローに聞こえてくる。

「将来有望な君たちには、是非とも――」

男は立ち上がり、細長いそれを水平に構えた。教授が異変に気づき、話すのを中断する。

思い出した。

四年前、父と兄が乗っていた馬車を襲撃した男。

あの男は――。

「クインタス」

横一閃。

次の瞬間、男の前に座るブラウン夫妻の頭が二つ同時に消え失せ、ボトボトと重たい音が静まり返ったホールに響き渡った。

頭部のないブラウン夫妻の亡骸は、斬られたことに気づいていないかのように、舞台の方を向いて静止している。

クインタスの右にいた小太りの女が甲高い叫び声を上げる。その声の発生源すら見ず、クインタスは女の首を斬り落とした。そのまま流れるように剣が振るわれ、近くにいた人々の体が容易く切断されていく。

「きゃあああ――」

一瞬にしてホールの中は阿鼻叫喚となった。

クインタスは軽やかな動きで二列を飛び越え、舞台の前に着地する。幸い、僕たちからは一番遠い位置だ。

「逃げるぞっ！」

僕はペルシャたちの方を向いて、怒鳴りつける。呆然としていた彼らは僕の声で我に返り、椅子から立ち上がった。僕は後ろの扉に向かって走った。

フランチェスカが挨拶を交わしていた、出入口前の人の好さそうな中年の男が扉を押し開け、外に足を踏み出し——そして彼の背中から剣が生えた。

刃が引き抜かれ、中年の男はその場に崩れ落ちた。その体を蹴り飛ばしながら、全身を顔まで黒い布で覆った影が一つ——体形からして女だ——ホールの中へと滑り込んできて、出口の前に立ち塞がり、後ろ手に扉を閉めた。

ああ……。クインタスは誰も逃さない。きっとここにいる人間を皆殺しにするつもりだ。

焦燥を覚えながらも、なるべく出口から距離を置こうと、僕たちは後退した。ホールの前方を見ると、舞台の上で教授とフランチェスカ、そして他数名の研究生たちが杖を構えてクインタスと対峙していた。

最初に右前方の席に座っていたアヴェイラム派の貴族や研究者たちはすでに犠牲となり、椅子の上や床で動かなくなっている。そこら中に体の部位が転がっており、赤黒い血の色が飛び散っていた。嫌な臭いが鼻をつき、吐き気が込み上げてくる。

クインタス。

四年前に父と兄が乗る馬車を襲撃した男。しかし、父の返り討ちにあい、それ以来一度として姿を見せることはなく、死亡説すら囁かれていた。

それが今日復活というわけか。どうして再び現れたのが、よりにもよって僕のいる場所なんだ。

あのときは父がいたから助かった。でも今回は……。

睨み合いで膠着していた舞台上の戦闘が動き始めた。クインタスが床を蹴り、一直線に教授に向かっていく。四年前とは違い、なんとかクインタスの動きを目で追うことができる。

教授が身を庇うように左腕を上げた。まずい、斬られる！　そう思ったが、ガキンッ、と大きな音を立てて剣が止まった。

硬い物質で防いだような音だ。しかし、教授が防具などを身につけているようには見えない。スーツの中に何か仕込んでいるのだろうか。

教授は左腕で剣を受けながら、右手に持った杖をクインタスの胴体へと向ける。それを見てクインタスは即座に距離を取った。逃がさないとばかりに教授の杖から魔法が放たれ、クインタスはそれを半身になって躱した――かに思えたが、クインタスの持つ剣は教授の放った魔法に吸い寄せられ、そのまま後方の壁にぶつかって金属音を鳴らした。

クインタスは得物のなくなった右手を見つめる。

「磁石の魔法は初めてですか？　私も自身以外ではなかなかお目にかかれません。サンプルは多い方が嬉しいのですが……」

緊張感のない声音で教授が愚痴をこぼした。

磁力を帯びた魔法か。頼もしい。武器がなくなればクインタスといえど為す術はない……と願いたい。

「降参しませんか？　したところで、これだけの人数を殺してしまったあなたが許されることは、もちろんあり得ませんがね。見てください、この惨状を。ああ、なんということだ。この責任を問われ、国からの研究費が減らされてしまったら。本当にどうしてくれるのです」

「——剣は飾りだ」

クインタスが初めて口を開く。底冷えのする低い声だった。

「……ほう？　素手で戦えるということでしょうか」

クインタスは教授の問いには答えず、右手を掲げた。すると、透明な不定形の何かが手のひらから伸びて空中に形を作り、飛ばされた剣と同じ形状のものが出来上がった。

あれは……無属性魔法？　僕以外に使える人間を見たのは初めてだった。

クインタスは再び距離を詰め、教授に斬りかかる。先ほどと同じように教授は左腕で受け止めた。しかし、今度は刃が止まることなく教授の肘から先を切断した。

教授は咄嗟に右腕を滑り込ませ、なんとか刃を止める。そして、右手首を器用に捻り、杖の先をクインタスへ向け、魔法を発射した。クインタスが一歩退いたところに、フランチェスカたちが魔法で援護射撃をする。それを嫌って、クインタスはまた大きく距離を取った。

フランチェスカは教授に駆け寄った。教授はその場に膝をつく。

「魔法……の剣……ですか。初めて……見ました」

「教授っ！　早く止血をっ！　こんなときくらい黙ってください！」

「ぜひ……我が研究……室で実験……を」

その言葉を最後に教授は崩れ落ちるように舞台に倒れ込んだ。フランチェスカが教授の左腕の止血を行っている。

まだ息はあるようだ。しかし、あの様子ではいずれ失血死してしまうだろう。

最後の大人が倒れ、残ったのは研究生と僕たちのような招待された若い学生のみ。と、その事実に僕は引っかかりを覚える。

そういえば、殺されたのはほとんど大人だ。動かなくなった人間を改めてひとつひとつ確認していくが、制服姿のモノは見つからなかった。

子供は殺さない信念でもあるのか？　それとも、教授が体を張って舞台の上に引きつけてくれたおかげで、たまたま後方に位置していた学生の被害者が出ていないのか。

なんでもいい。僅かな希望が見えてきた。このまま、引き上げてくれれば――。

「お、お願いしますっ！　助けてください！　お、俺は、まだ死にたくないっ！」

僕よりいくつか年上の男子学生がすぐ近くで声を震わせながら叫んだ。息が荒く、半狂乱状態だ。

わざわざ注目を集める真似(まね)をして、なんのつもりだ！　黙ってやり過ごすのが最善だと、なぜわからない！

——いや、この状況で冷静になれと言う方が無理があるか……。

僕は、知らぬ間に固く握りしめていた拳の力を緩めた。手が小刻みに震えている。

「——悪は滅ぼさねばならない。お前たちは悪の芽だ。いずれこいつらと同じ道を歩む。ならば摘まねばなるまい」

クインタスが低く唸るような声で言った。舞台の上にいるからか、まるで演劇の一場面のように感じられた。

だが、これは作り物などではない。手足が取れて転がっている大人たちは人形のようだが、床に溜まった血の赤さが、これが紛れもない現実だと僕たちに訴えていた。

学生たちの悲鳴やすすり泣く声が聞こえてくる。エベレストとマッシュを横目で見れば、ひどく体を震わせていた。

悪だと？　僕たちは魔法学の講演会に集まっただけの善良な人間だ。正義のつもりらしいが、正当性のカケラもないじゃないか。

こいつはただの、精神に異常をきたしたテロリスト。

……そうか。この男は精神の不安定なテロリストなんだ。それならそれでまだ助かる見込みはある……かもしれない。笑う膝を叱咤し、一縷の望みをかけて僕は立ち上がった。

「あなたの気持ち、とてもよくわかります」

さあ、カウンセリングの時間だ。

僕は精神に異常をきたした患者をできるだけ刺激しないように、とりあえず共感を示した。クインタスと会話を試みようとする僕に、周りの学生たちがギョッとした顔を向ける。

「お前は……アヴェイラムの子だな？　俺の気持ちがわかるとはどういうことだ？」

クインタスの爬虫類のような目に鋭さが増す。

この恐ろしい男に僕のことが知られている事実に怖気が走る。

クインタスは四年前、父に退けられるまでの間に研究者と貴族を何人か殺している。標的にされた貴族はみなアヴェイラム派であったらしい。この講演会にもアヴェイラム派が多く招待されていて、僕なんか本家の血筋である。

偶然か、それとも何か狙いがあるのか。

「この国の魔法研究に思うところがあるのでしょう？」

四年ぶりの活動再開場所をわざわざここに定め、会場の魔法学者たちを鏖殺したのだから、関係がないことはないはずだ。

「これから死ぬお前たちに話すだけ無駄だ」

だめみたいだ。聞く耳を持たない。アプローチを変えてみよう。

「しかし、それではメッセージを伝えることができないのではありませんか？」

「メッセージ？」

「はい。全員を殺してしまったら、あなた方の崇高な主張はこの国に伝わらないまま、ただ恐れられるだけです。それならば僕たちがあなた方の目的を聞き、メッセンジャーとなってお手伝いした方が、効率よく活動ができるとは思いませんか？」

テロリストは現状の支配構造に不満を持った者たちの集まりだ。その不満が政治的に妥当かどうかは別にして、権力者や社会全体に思想を浸透させたいという考えはきっとある。

「……お前は頭が回るようだ——ならばこうしよう。お前一人の命で他全員を助けてやる。俺たちの目的はお前以外のやつらに伝えさせる」

何を言っているんだ、こいつは。僕がそんな要求飲むわけがないだろう。聖人君子じゃないんだから。

「……僕一人の命にそれだけの価値があるのですか？」

「その血の汚れに気づいていないとは滑稽だな。お前は、他とは比べ物にならないほどの、純粋な悪の芽だ。ここで摘んでおけば、未来の多くの命が救われる」

話が抽象的すぎて理解できないが、アヴェイラムを敵視していることだけはわかった。

僕とクインタスのやりとりを、みなが固唾を呑んで見守っている。彼らからしたら、「わかりました、それじゃあ僕が犠牲になります」とでも言えば期待通りなのだろうが、そんな馬鹿な話があってたまるか。

「……僕がそれを承諾したとして、あなたが約束を守る保証はありません」

「いいや。お前の言う俺たちのメッセージとやらを伝えるには誠意も必要だろう？　約束は守る。

——ああ、そうだ。ここにはチェントルムの子もいるのだったな。そいつをお前の代わりにしてもいい。お前か、チェントルムか、それとも全員ここで死ぬか。すべてはお前の選択次第だ」

隣にいるペルシャが名前を呼ばれてビクッと体を震わせた。僕とペルシャを天秤にかけろと言うのか。それならば迷う理由がない。

当然僕が助かるのが道理だ。ペルシャはいい友人だったが、この僕の身代わりとなって死ぬのなら本望だろう。

「そんなもの、答えなど決まっている。チェントルムを引き渡そう」

クインタスの目が無感情に僕を貫く。見るだけで身が竦む蛇のような目が、僕を責め立てるように細められた。

なぜお前がそんな目で見てくるんだ。このサイコパスに僕の選択を咎められる謂れはない。

「チェントルム、立て。アリス、そいつをここまで連れてこい」

ペルシャは何も言わず立ち上がった。こちらを見ようともしない。

後ろから足音が聞こえる。扉の前に立ち塞がっていたクインタスの仲間が近づいてくる。

イライラする。記憶の中の倫理観が頭をおかしくする。

前世の記憶なんてなければ、こんなことにいちいち悩まされることはなかった！　僕はアヴェイラムだ！　倫理観など二の次のはずだ！

本当にそうか？　ああ、そうに決まっている！

どうしようもなく怒りが込み上げてくる。僕は全員を救うために最善を尽くしただろう？　その結果、一人を犠牲にすることになったが、他はみんな助かる。僕が助かるのは凶悪なテロリストとの交渉の報酬のようなものだ。だって、僕以外は怯(おび)えるか叫ぶかするだけで、何もしてないじゃないか。どう考えても助かるべきは僕なんだ。世の中そうあるべきだろ。

右肩に衝撃が加わり、僕は床に倒れ込んだ。アリスと呼ばれた者が僕を突き飛ばしたのだ。

女はペルシャの腕を摑み、中央の通路を下っていく。ペルシャは大人しく従い、アリスの隣を歩く。抵抗する意思がないと判断したのか、女は摑んでいるペルシャの腕を解放した。

いつかの夏の記憶が脳裏に浮かび上がる。どうして今思い出したのだろう。ベルナッシュの丘を登っていった先にある森。その中の一本、周りよりも少し大きな木。根本の、小さく盛り上がった土。あの日殺した生き物の墓。

制御できない激情に体が支配される。

魔臓から信じられない量の魔力が流れ出ていく。

僕のためならペルシャが死んだって構わない。すべてにおいて優先されるのは僕自身だ。僕は優遇されるべきだろ？

だったら、なぜこんな理不尽を甘受しなければならない？　なぜペルシャは理不尽を受け入れている？

おかしいだろ。そんなの許せないだろ。ペルシャを連れていくあいつを、僕は許せないだろ！

床から立ち上がる。

傾斜のある通路と水平になるよう右手を上げ、ペルシャの隣を歩く黒ずくめの女の背中に手のひらを向けた。

魔力が右腕を駆け抜け、巨大な魔力の塊が右手に集まっていく。手が焼けるように熱い。

体の内と外を隔てる境界にヒビが入った。ヒビは大きな亀裂となり、決壊し、膨大な魔力の奔流が手のひらを突き破る。

半透明の大きな塊が、放たれた。それは高速で空気中を突き進み――。

――バチッ。

ひときわ大きな音を立て、ペルシャの隣を歩く黒いシルエットに命中した。女が勢いよく中央通路を転がっていく。それは舞台の段差に衝突し、ぐったりと停止した。

背中の布が大きく破れ、そこから白い煙が上がっていた。迎賓館はしんと静まり返っている。

「アリスっ」

それまで余裕を崩さなかったクインタスが初めて焦りを見せ、その事実が僕を高揚させた。熱に浮かされているようだった。思考が正常に保てない。

そうだ。アリスとかいうやつが消えた今、後ろの出口は開いてるんだったな。

「貴様ら、後ろの扉からさっさと逃げろっ」

僕がよくわからない浮遊感を抱きながら叫ぶと、学生たちは我に返り、いっせいに出口へと殺到

する。

僕も逃げないと。

僕は、舞台を飛び降りアリスを抱き起こすクインタスに背を向けた。出口に向かって一歩踏み出す――が、関節が消え失せたかのように膝が抜け、僕は床に転がった。体に力が入らない。

「ロイ様っ、起きてくださいっ！」

「逃げますわよっ！　ペルシャも突っ立っていないで、早くっ！　手を貸してくださいましっ！」

両の腕を引っ張られる。マッシュとエベレストの声だ。

強烈な睡魔が襲ってきて、周りの音が遠のいていく。

どうせ殺されるなら寝ている間がいい。

ぼんやりとそんなことを思いながら、僕は目を閉じた。


「おはようございます、ロイ様」

目を開けると左側から声がした。ペルシャの声だ。

ここは……。視線だけ動かし、自室のベッドの上にいると理解した。

そうか、僕は気を失ったんだ。

ベッドから体を起こした。まだ体が重いが、動かせないほどではない。

「ペルシャ……。それにエベレストとマッシュも」

ペルシャの隣には、ベッドに突っ伏して眠っているエベレストとマッシュの姿があった。見舞いのつもりだろうか。この二人はあれだけ震えていたのだから、精神を消耗して疲れてしまったのかもしれない。さっさと家に帰って休めばいいものを。

「みんな生きてるようだな」

「はい。あのあとクインタスはアリスという仲間を抱え、逃げていきました。研究生とゲストの学生はみな生きております。ワイズマン教授も一命をとりとめたようです。残念ながら彼以外の教授や貴族、研究者たちはみな、死亡が確認されました」

ということは二十人以上の犠牲者が出たわけか。

「あの女は……死んだか？」

「不明です。が、動きは確認できませんでした」

クインタスには強力な治癒能力があるが、死んだ人間はさすがに生き返らせることができないはずだ。まあ、死んでいたところで僕はどうとも思わないだろう。クインタスの模倣犯を倒したときも、人を殺した罪悪感を覚えなかった。きっと僕は生まれつきそういうやつだと思う。

「——大変なことになったな」

数時間前——体感ではついさっきのように思える——の恐怖の密室に思いを馳せる。僕が交渉を持ちかけなければ、クインタスはあの場にいた全員を、学生すらも皆殺しにするつもりだった。

——本当にそうだったのだろうか。彼は殺した大人たちを『悪』、それ以外を『悪の芽』と定義していた。

『悪の芽』が『悪』よりも殺す優先順位が低かったと考えれば辻褄は合うが、こうも綺麗に学生だけ生き残ってしまうと、小さな引っ掛かりを覚える。

どうせ学生も殺す予定だったのなら、殺し回っている間に一人くらい手にかけていてもおかしくない。あえて攻撃をしないよう配慮でもしない限り。

舞台上で戦っていたときも、彼は研究生には目もくれず教授だけを徹底して狙っていたのだ。僕とペルシャに対する殺意だけは異様に高かったが。

……考えるだけ無駄か。所詮は思考回路の焼き切れたサイコの考えることだ。

「ロイ様はあのとき……」

「ん？」

「あのとき、最初から私たち全員を助けるつもりだったのですか？」

もちろんその通りだ。――なんて誤魔化すのは簡単だろう。でも僕は、たしかにあのときペルシャを見捨てるつもりだった。

ここで嘘をついたら、今いる場所にはもう戻ってこられない気がした。

「――僕は救いようのない利己的な人間なんだ。普段はそれを理性で覆い隠しているけど、ふとしたとき、ああいう極限状態で、どうしても醜い僕が出てきてしまう。――僕はあのとき、君を殺すつもりだったよ」

僕は正直に心情を吐露した。

極限状態でこそ人間の本質は現れると言うが、正しすぎて嫌になる。僕はペルシャの顔を見ることができず、自分の手元を意味もなく見つめた。

「――それではなぜ、あのようなことを？　あの魔法がうまくいかなければ、逆上したクインタスに全員殺されていたかもしれない。私を切り捨てたのならば、最後まで黙って見送るべきでしたよ。ロイ様らしからぬ、愚かな行動です」

ペルシャは感情を抑えるように声を震わせた。

あのときの心の動きの合理性を問われても答えられない。だって自分でも消化できていないんだ。

「僕かそれ以外かなら僕は自分の命を優先する。だからクインタスに選択肢を提示された時、僕は躊躇なく君を売った。だけど、だんだん怒りが湧いてきたんだ。自分に対してとか状況の理不尽さとか、いろんなことに対して。だっておかしいだろ。どうしてこの僕が、あの精神異常者が勝手に作り上げた選択肢の中から一つを選ばないといけないんだって。思うだろ普通。あいつが勝手に選択肢を作るなら、僕だって。自分の命は一番大事だけど、そのついでにペルシャも助かる選択肢を僕が作ったっていいじゃないか。……しかもあの男、そんな理不尽な状況に僕を追い込んでおいて、いざ僕がペルシャを差し出したら幻滅したような顔をして見せたんだぞ。本当にムカつく野郎だ。ムカついて、イライラして――」

「ロ、ロイ様！　わかりました。も、もうわかりましたから！」

思い出すと感情が溢れ出てきて止まらなかった。ペルシャに止められ、ハッとする。

「……すまない。まだ少し気持ちの整理がついてないみたいだ。支離滅裂なことを言ってしまったな」

「いえ。あのような状況でただ一人立ち向かわれたロイ様に対して、責めるような真似をして、こちらこそ申し訳ございませんでした。ロイ様には本当に感謝しております」

果たして、僕は感謝されるようなことをしただろうか。勝手にペルシャの命を賭けて、途中で気が変わったから結果的に救った形になっただけだ。ペルシャが死ぬのは嫌だと思ったけど、救いたいというほどの積極的な感情は、持ち合わせていただろうか。

いくら考えたところで答えは出そうになかった。

「ペルシャは、その、大丈夫なのか？　あの場にいる誰よりも、精神的にきつい立場だっただろ？」

「私は……残念ながら万全の心理状態とは言えませんが、ロイ様と言葉を交わし、いくぶん落ち着きました」

「それならいいけど」

「ロイ様こそ。尋常じゃない重圧に晒されていたはずです」

「僕はべつにたいしたこと……いや、僕も精神的にかなりきているみたいだな。クインタスへの怒りが収まってきたと思ったら、今さらになって震えてきた」

指先が震えていた。

時間の神様が僕に今日をやり直させたとして、もう一度同じことがやれる自信はなかった。偶然や予想外が複雑に絡み合って、唯一の生存の可能性が気づいたら僕の手の中にあったのだ。

恐怖に身を竦ませながらも、クインタスと交渉を始めた自分にまず驚いている。カウンセリングの時間だ、などと無理に戯(おど)けてはいたけど、死の気配に僕の足は震えていた。あの女を戦闘不能にすることができたのも、もはや運でしかない。僕は演技でもなんでもなく、本心でペルシャを切り捨てた。それがたまたま相手の油断につながり、その唯一とも言えるタイミングで、生まれて初めて杖なしでの魔法に成功しただけだった。そもそも、クインタスが仲間の治療を優先せずに僕たちを皆殺しにするようなやつだったら、その時点でゲームオーバーだった。

僕が僕以外の人間の命を救う必要があるのか。そのことに疑問はあるけど、余力があるなら助けてやってもいいとは思う。だけど、その力を僕は今持っていない。今回たまたまうまくいっただけだし、あの場にいた学生はみな助かったかもしれないけど、国家にとって重要な数十人の命は失われてしまった。死なない方がよかったに決まっている。

強さに執着はなかった。僕は魔法学を究(きわ)めたいと思っていただけだ。研究がしたいだけだった。そのために八歳からずっと、エルサの書斎にある資料を読み耽(ふけ)り、準備をしてきた。

でも、生死に関わるのなら。理不尽に抗(あらが)う術が欲しいのなら、力は必要なんだ。

クインタスは歴史上稀に見る大罪人。世紀のシリアルキラーだ。この事件を受け、国はクインタスの首取りに本腰を入れるだろう。あの男が捕まるか死ぬまで、王国の中枢を担う貴族やその子女、それと魔法学の研究者たちは、しばらく眠れぬ夜を過ごすことになりそうだった。

中でも、きっと僕はとびっきりに恨まれている。アリスとやらに致命傷を負わせたことで、クインタスのヒットリストの一番上に名前が挙げられたことは想像に難くない。

僕がいくら力を望んでも、寝て起きたらクインタスより強くなれるわけでもない。護衛の一人でもつけてほしいところだが、家の人間にそこまで僕を思いやる心があるかどうか。いっそ学園のほとんどの生徒のように、寮生になるべきか。エルサの書斎へのアクセスが困難になるからと入寮はしなかったが、命には代えられない。

「――クインタスの目的はいったいなんなのだろう」

迎賓館で対峙したとき、やつの話は要領を得ず、具体的なことは何もわからなかった。

「数年前の一連の通り魔事件と今回、犠牲となったのはいずれも魔法学の研究者と貴族です。政界における発言力が比較的大きい、とくにアヴェイラム派の貴族が犠牲者の大半を占めております」

「政治家が恨まれる理由は星の数ほどあるな……。引っかかるのは、なぜ研究者も狙うのか、だ。そこがヒントになるかもしれない」

「本日の講演会を襲撃したことからも、魔法学分野の研究者を標的にしていると考えるのが妥当な線でしょうね」

「ああ。だが、クインタス自身、身体強化や魔法で剣を生成していたわけだから、魔法自体が憎いということはなさそうだ。何か崇高な目的があるのか、それとも、ただ殺し尽くしたいだけなのか。

いずれにせよ、やつにこれほどの殺意を抱かせる理由が何かあるはずだ。クインタスを捕まえるには、先に犯行の動機の方を明らかにした方がいいか……」

「私としては、動機の推察など不要かと存じます。被害者に共通する特徴から、クインタスが次に標的にしそうな人物、または場所に人員を割くのが妥当ではないでしょうか？」

「それはそうなんだが、魔法学の研究者という点がどうも引っかかる。――そういえば、魔物による被害が出始めた頃、君は僕の母の研究との関連を示唆していたよな？　附属校三年生のときのことだ」

もう四年も前のことになるか。その件について一度エルサに真偽を確かめてみたことはある。しかし、彼女はただ否定するだけだった。

その言葉を完全に信じたわけではなかったが、僕と母は疑り深く問いただすことができるような関係性でもないから、それ以降再び尋ねることはなかった。その翌年、魔物を操っているのは魔人だという噂が巷で広がり始め、母の研究と魔物の関連性についてはすっかり意識の外へと追いやられていた。

「エルサ様の研究ですか。申し訳ありませんが、覚えておりません」

「覚えていない？　君が？」

ペルシャでも忘れることがあるとは驚きだ。思い出そうとするようにペルシャはしばし目を閉じ、そしてゆっくりと開いた。

「――ロイ様は、私を過大評価しておられます。私の申し上げることをすべて信用するのはおやめください」

そのように卑下するペルシャを、僕は意外に感じた。いつも丁寧な口調だから、一見するとあるいは腰の低い男だと思ってしまいがちだが、彼は自らが抜きん出て優れた人間であることを自覚していて、意味もなく自分を下げる発言をすることはない。

「もちろん僕の方でも情報は精査するさ。とはいえ、君が信頼に値する友であることは、これまでの付き合いで十分わかっていることだ」

今日、その信頼関係を僕が破壊してしまったかもしれないが、とはさすがに言えなかった。ペルシャなら本心がどちらであろうとも、それを否定するだろうから。

信頼は情報を歪ませる。同じ情報でも発信者が違うだけで、信じるに値するかどうかが大きく変わってしまう。詐欺だってまずはカモを信頼させることが肝なんだから。信じる人の言うことを鵜呑みにしてしまうのが人というものなのである。

しかし、信頼していなければその情報源を頼ることはできない。そこらへんのコーヒーハウスで小難しい講釈を垂れる自称識者よりも、ペルシャの話に耳を傾けてしまうのは仕方のないことだった。

ペルシャが覚えていなくとも、彼から母の研究の話を聞いたのは確かだ。近年、国を悩ませ続けている魔物の暴動と魔法学の研究に何らかの関係があると仮定してみる。そこから殺す動機を持ち合わせる犯人像を想像すると……家族が魔物の被害に遭い、それが研究のせいだと噂で聞いたとか……。

「……んー？　ロイ様？」

ベッドに上半身を預けるように眠っていたマッシュが目を擦りながら顔を上げた。隣のエベレストも目を覚ます。彼らは倒れた僕が心配で、僕が起きるまでいっしょにいてくれたらしい。いい友人たちだ。今日の僕は、彼らを失望させただろうか。……だめだ、思考がすぐにネガティブな方に向かってしまう。

さすがにみんな、肉体的にも精神的にも参っていたから、すぐに解散となった。今日の凄惨な事件の記憶は、きっと消えることはない。専門家にメンタルのケアを任せたいところだが、残念ながら精神医学の発達は十分ではない。ペルシャ、エベレスト、マッシュの心の健康は、彼らの親か身近な人間に見てもらう他ないだろう。トラウマにならなければいいとは思うが、難しいかもしれない。

僕自身はどうだろうか。どれほどのショックを受けているのか。今はまだ、心が麻痺していてわからない。

もうすでに日が高く昇っている。ペルシャたちが帰っていったのが昨日の夕方で、そのあとすぐにまた寝たから、半日以上寝ていたことになる。それでもまだ疲れが残っているのか、体は鉛のように重かった。

何もやる気が起きず、ベッドに横たわって考え事をしていると、部屋のドアが叩かれた。

「どうぞ」

体を起こし、返事をする。ドアが開き、入ってきたのはルーカスだった。父が僕の部屋にやってくるのは初めてだから、面食らった。

「昨日の事件のことで巡察隊がお前に事情を聞きたいらしい。すぐに客間まで下りてこい」

それだけ告げ、ルーカスは踵を返した。

巡察隊か。魔物対策のために組織された機関だが、今はだいぶ規模が大きくなって、種々の事件の取り締まりや事故の後始末を任されていると聞く。

「はい」

彼の背中に向かって返事をした。ドアが閉まると、僕は重い体を起き上がらせてベッドから抜け出した。寝る前に着替えたシャツが皺になっていたから、適当なベストを羽織って部屋を出た。

客間には、それぞれ黒とグレーのベストを着た二人の男が、ルーカスと向き合って座っていた。

僕はルーカスの隣に腰を下ろした。

「巡察隊の刑事課巡査部長のアバグネイルです。よろしく」

二人組のうち、若い方が手を差し出してきた。ダブルボタンの黒いベストをきっちりと着こなしていて、清潔感がある。

僕は握手に応えた。

「はじめまして。ロイ・アヴェイラムで――ん？　もしかして、昔僕が魔物に襲われたときの……」

「覚えてましたか！　あのとき話を聞いたのが俺だったので、ロイ君も少しは話しやすいかと思って、今日担当に選ばれたんですよ」

「同じく、警部のベイカー。よろしく」

もう一人の男がアバグネイルの話を遮るように咳払いをし、口を開いた。こちらは四十くらいだろうか。アバグネイルと比べると、服がよれていてだらしなく見えた。

「どうぞよろしく。――それで、僕に聞きたいことがあるとか」

ベイカー警部はティーカップを口に運び、唇を湿らせた。

「話が早くて助かります。講演会に出席した方に話を聞いて回っておりましてね。大方は昨日のうちに事情を伺ったのですが、あなたとワイズマン教授は意識を失っていたので、日を改めた次第です。他の学生の証言では――まあ錯乱している子も多かったものですから、あてになるかは怪しいですが――あなたのおかげで助かったという声が非常に多かった。その裏付けといってはなんですが、あなたの事件当時の行動や、犯人の特徴などを、できるだけ詳細に思い出していただきたい」

予想はしていたけど、学生たちは僕に救われたという認識なのか。皮肉なものだ。僕は自分のことしか考えてなかったというのに。

「それでは、犯人が会場に入ってきたところからお話ししましょうか」

僕は記憶を呼び起こしながら、語り始めた。ベイカー警部の観察するような嫌な視線に辟易しながら、時系列に沿って事件の詳細を説明していった。アバグネイルは十秒に一回くらいのペースでうんうんと頷いている。これが飴と鞭か。

「なるほどなるほど。——ところで、あなたは今回の事件の犯人が、四年前に消えたあの、俗に言うクインタスという男と同一人物であるという確信はありますか？」

「確信、というほど確度は高くないですが、記憶にあるクインタスの顔と似ていたと思います。僕にとっては二度目の遭遇ですからね。——ああ、そうだ。首元に古傷がありました。このあたりです」

僕は首の左側面を手で触れて示した。

「古傷ですか。四年前にクインタスを撃退したのは、たしかルーカスさんでしたね？」

警部がルーカスに視線を移した。

「ああ、その通りだ」

ルーカスは簡潔に肯定した。

「そのときに負わせた切り傷の位置と、ロイさんのおっしゃられた箇所は一致しますか？」

「たしかに一致する。右胸から左肩と首の付け根にかけて致命傷を負わせた」

「ふむ。そうですか。となると、クインタスはどうやら、あなた方アヴェイラムに対して相当強い恨みを抱いている人物となるわけだ。何か心当たりは？」

「……父ニコラスが政党の長を務めているのだから、当然どこかの誰かには恨まれているだろう。政治家とはそういうものだ。その中に一人くらいクインタスのような異常者がいてもおかしくはない」

「おっしゃるとおりです。ロイさんは何か思い当たる節はありますか？」

鋭さを増した視線が僕を貫いた。ルーカスの態度からして、情報はあまり与えたくないらしい。その意向に従おう。

「とくにありません」

実際、クインタスの目的について思うところはあるが、どれも憶測の域を出ないものだ。僕はクインタスをテロリストに見立て、メッセンジャーとして生かしてもらうよう交渉した。政治家や魔法学者ばかりを狙う彼には、世の中に対してなんらかのメッセージがあるのではないかと思ったからだ。

だけど、どうもあの男にはそういった意図はないようだった。心のうちを見せないよう、終始具体性に欠ける言葉で誤魔化していた印象だった。実はクインタスの行動に政治的な意味はまったくないのではないか。ただの怨恨による犯行で、標的を殺し尽くしたいだけなのではないだろうか。それが今僕がクインタスに抱いている印象だった。

警部は僕の目をじっと見た。心の内を見透かされるような感覚に襲われる。やがて納得したように小さく首肯し、立ち上がった。アバグネイルも慌てて立ち上がる。

「わかりました。今日のところはここでお暇しましょう。またお伺いしてもよろしいですか？」

警部はルーカスの方を見て胡散臭い笑みを浮かべる。それに対し、ルーカスは眉をひそめた。

「巡察隊とは、被害者を問い詰めるのが仕事か？　犯人を捕まえるのに力を入れたらどうだ」

そうだそうだ。このいけ好かない男にもっと言ってやってください、父上。これじゃあまるで僕たちが犯人のようじゃないか。

「これは手厳しい。そちらについても現在全力で当たっているところです。それでは失礼いたします」

こういうとき、立って見送った方がいいのだろうか。ちらと隣のルーカスを見るが、立ち上がる様子はいっさい見られない。

「――ああそうだ。最後にもうひとつ」

客間のドアの前でベイカー警部が振り向く。

「奥様のエルサさんは確か、有名な魔法学の研究者でしたね？　アッシュレーゲン家のご令嬢だったと思いますが、どのような経緯でご結婚されたのか、お聞きしても？」

「……本家の意向だ」

「なるほど。不思議ですねえ。アッシュレーゲンはあまり名も聞かない小さな貴族です。どのような利害関係があったのでしょうか。——おっと、申し訳ない。人様のご結婚に口を挟むのは、さすがに無粋でしたねえ。それでは今度こそ、失礼いたします」

警部はドアを開けて部屋を出ていった。アバグネイルは気まずそうに肩をすぼませてそのあとに続いた。

いや、気まずいのはこの部屋に父と二人きりで残された僕の方なんだが。

この空気どうしてくれるんだ。

アヴェイラムのタウンハウスを出ると、トム・アバグネイルは上司のディーン・ベイカーを小走りで追いかけた。

こちらをいっさい配慮せずにずんずんと進んでいくベイカーに内心で溜息(ためいき)をつく。

「警部。待ってくださいよ。警部！」

何度か呼びかけてベイカーはようやく振り向いた。

「騒がしい相方だ。どうしたというんだ」

「どうしたって、さっきの警部のことですよ。ロイ君は大変な目に遭ったばかりなのに、どうして尋問するような態度だったんです？」

「あの家は……少し臭う」

「臭う？　上品で落ち着く香りだったと思いますけど。あ、でも父親の方は噂通り威圧感がとんでもなくて、なかなか落ち着かせてくれませんでしたけどね。俺なんか怖くてロイ君の方ばかり見てましたよ」

「君ねえ……」

ベイカーは呆れたようにゆっくりと左右に頭を振った。

「な、なんです？」

「いや、なんでも。ルーカス・アヴェイラムはクインタスのことを知っているんじゃないかと私は思っているんだ」

「そりゃあ、一度襲われて撃退してるんですから……。それとも、まさかクインタスの素性を知っていて、それを隠蔽していると？」

「その通り。でだ。その隠す理由が、何か大きなことにつながってるんじゃないかと私は踏んでいる」

「はあ、大きなことですか。曖昧すぎません？　何か根拠はあるんですか？」

「いいや。刑事の勘だ。長年のね」

「長年って、巡察隊なんてできてまだ数年じゃないですか。俺も結成当時からいるんですから、一応警部と俺って同期ですよね。——そういえば警部は、それ以前は何をしてらしたんです？」

トムはずっと聞きたかったことをベイカーに問いかけた。

巡察隊の編成時に前身の憲兵組織から異動となったトムと違い、ベイカーはその優秀さを買われ、どこかからスカウトされたという話は耳にしたことがある。その噂に違わず、ベイカーの成果は巡察隊の中でも随一を誇っている。しかし、どういった伝手でこの優秀な人材を引っ張ってきたのかは聞いたことがない。

「他人をこそこそとつけ回して生計を立てていた、しがない探偵ってところだね」

ベイカーはその頃の記憶を思い出すように遠い目をする。

彼の普段と違う雰囲気に、それ以上掘り下げるのはなんとなく憚られた。

「ええと、それで、ルーカスさんが何かを隠しているとして、ロイ君もそれを知っているんでしょうか」

落ち着かない空気を変えようと、トムは話を戻した。

「あれは……どうだろうねえ。クインタスが彼とだけ会話を続けたのには何か理由があるのか。彼の表情からはわからなかったよ。チェントルムの子といい、子供らしさを母親の腹の中にでも置いてきたような落ち着きようで、ほんと嫌になるねえ」

「たしかに、何年か前にロイ君が魔物に襲われたときも、受け答えは落ち着いてましたね。当時まだ八歳とかだったはずなんですけどね。魔物に傷を負わされた直後だというのにしっかりした子だなと思った記憶があります。でも悪い子じゃないですよ。あのときも今回も他人を守るために自らの命を顧みずに行動したんですから。あんなに正義感の強い子もなかなかいませんよ。ああいう子は学校で、ものすごい人気があるんです。家柄も文句のつけようがありませんしね」

「ふうん、そういうもんかねえ。人気というよりはむしろ……」

トムは、不自然に言葉を止めたベイカーに目をやった。

「むしろ、なんです？」

「なんでもないよ。今時の子の感覚はわからないね」

「そんなこと言ってると歳を取るのが早くなりますよ」

とっつきにくい相手かと思ったら、案外話しやすい人だ。

本部へと帰る道すがら、ベイカーと他愛のない話をした。新しいパートナーとはうまくやっていけそうだと、トムは表情を緩めた。

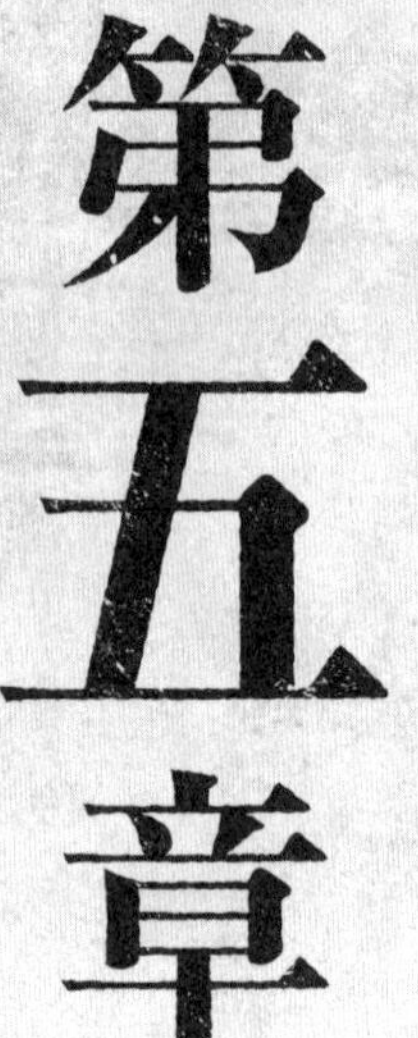

第五章

OLD ENOUGH
TO LEARN MAGIC!

夏休みが明けた。あの忌々しいクインタス襲撃事件から三週間が経ち、僕の心も少し落ち着きを取り戻していた。

あんなことがあったにもかかわらず、僕は相変わらず馬車通学だ。登下校中にクインタスに襲われるかもしれないから学園の寮に入りたいと言ったら、父にすげなく却下され、代わりにすごく強い護衛がついた。なんでだ。

彼なりに僕を心配している——などとは到底思えないから、クインタスへのまき餌という素敵な役割を賜ったのかもしれない。意図はどうであれ、寮生になると母の書斎にアクセスできなくなるから、僕にとっては好都合ではあった。

教室に入ると今日はやけに視線を感じる。もともと注目を集めやすいことは自覚していたが、今日は体中に穴が開きそうだった。しかもそれらは、夏休み前とは明らかに性質の異なるもののようだった。

たいして仲良くもないクラスメイトたちとの二ヶ月ぶりの顔合わせは、不快なものとなった。自然と眉が寄る。気づかぬふりをして席に着くと、ペルシャがすぐに僕のところへやってきた。

「おはよう、ペルシャ。新学期早々、鬱陶しくてかなわないな」

「おはようございます。実は、あの事件の噂が広まっているようで、ロイ様を畏怖する向きがあるようです。中には英雄視するような生徒も」

「英雄視だと？　勘弁してくれ。そんなのは、あの赤髪一人で十分だろ」

「心中お察しします。近頃、クインタスは魔人であると噂する者が増えているそうです。その影響もあり、国民の反魔感情はますます高まっております。クインタスを撃退したロイ様は反魔主義の象徴のように思われているのかもしれませんね」

数年前からいっこうに収まらない魔物被害に、クインタスに対する不安や恐怖が重なった。どれほど荒唐無稽な話でも、それが真実であるかのように広まっていく。不安定な情勢だ。魔人など生まれてこの方、見たこともないというのに。

魔人が最後に我が国の歴史に登場したのなんてもう随分前のことで、それだって本当のことはわからないし、それを経験した人間は今はもう死んでいる。クインタスのことも魔人のことも知らないくせに、よく決めつけられるものだ。

――いや、知らないゆえに、か。わからないから余計に恐怖心を煽(あお)られてしまうのかもしれない。

ふと、どうして僕はクインタスに対してそれほど恐怖の感情を持っていないのか、不思議に思った。クラスメイトたちと違い、この身をもってやつの恐ろしさを味わっているにもかかわらずだ。

あの日、迎賓館であの目に射貫(いぬ)かれた子供たちは、衣擦(きぬず)れひとつ起こせないほど体を硬直させていた。そんな中、僕一人が立ち上がれたのは今考えても正気の沙汰じゃない。しかも、あんな経験をした今でも、クインタスに対しては恐怖よりも怒りの方が強く、他の生徒たちとの間に感情のギャップを感じる。僕が僕の力で撃退したという事実に、気が大きくなっているのだろうか。

クインタスが魔人だという噂は、生徒たちの中にあった恐怖心をよりいっそう膨れ上がらせている。なぜなら、我々グラニカ人は魔人の恐ろしさを子供の頃から言い聞かされて育つからだ。

魔人――造形は人間とさほど変わらないという。だけど、肌や目の色の違いとか、歯や爪が鋭いだとかで区別はできるだろうから、見たら一発でわかりそうなものだ。

クインタスはどう見ても人間だった――はずだ。いや、本当にそうか？　本当に僕らは人間と魔人を見ただけで区別できるのか？　案外そこらへんを魔人が歩いていても気づかないかもしれない。肌の色や目の色なんて、この国の人間の間でも個人差はある。とすると、クインタスが魔人というのは、案外荒唐無稽な話とも言い切れないのだろうか。

仮にクインタスが魔人であるとしよう。その場合のやつの目的を推理してみる。

この国グラニカ王国は、魔人の領域と海を隔てた、人類の最前線と言える島国だ。過去、海から攻めてきた魔人の撃退に成功したと歴史で習った。魔人からしたら、この国は彼らが人類の領域に進出するのに大きな障害となっているということだ。

これまでクインタスに襲われたのは、主に政治家と研究者。政治家の多くはアヴェイラム派で、僕たち家族も襲撃に遭った。アヴェイラム派は、戦争に賛成というほどではないが、どちらかと言えば好戦的な派閥で、僕の家族だけ見ても、兄は軍事魔法学を専攻しているし、父は高位の軍人である。クインタスの目的が軍事力の弱体化であれば、アヴェイラム派の政治家を暗殺することには十分合理性があるように思える。

研究者を殺す理由はどうだろう。犠牲者はみな魔法学を専門にしていた。そして魔法は、国家の軍事力に直結する要素である。

クインタスが魔人領からの刺客だと考えると、パズルのピースがはまるようにいろんなことに説明がついていく。

まさか、本当に？


新学期が始まり、今日で四日目になる。

クインタスを撃退したという話には大変話題性があるようで、新学期に入ってからというもの、教室ではクラスメイトたちの好奇の目に晒され、廊下を歩けば話したこともない上級生に真偽のほどを確かめられ、僕の平穏な毎日が脅かされていた。

中には握手を求めてきたり、さらにはサインを欲しがる輩もいたりと、僕の株価の急騰ぶりを実感する日々だ。ちなみにそいつには、適当な紙にその場で適当に考えたサインを書いて渡してやった。

自分の行動が周りから正当に評価されるのは嫌いじゃない。すごいことをしてすごいと言われるのは気持ちがいい。実際僕がやったことは偶然の産物であったとはいえ、すごいことには変わりなかった。しかし、英雄ともてはやされるところまでいくのは違う。むず痒くて鳥肌が立つ。

生徒の多くは、事件で二十三人もの国民が殺されたことへの怒りよりも、連続殺人鬼という存在への恐怖心が大きいようだった。クインタスの名を口にしようとするときの顔のひきつりがそれを物語っていた。

無理もない。同じ学園の生徒が当事者になったことで、ただの怖い都市伝説だったものが突然現実となって身に迫ってきたのだ。あの日の僕を英雄扱いし殊更に称賛するのは、暗い知らせばかりの中にも希望を見出(みいだ)したいという人間の心理なのかもしれない。

しかし、夏休みが明けてもう最初の週も終わるというのに、僕に関する話題はいっこうに収まる気配を見せない。来週には落ち着いてほしいものだ。

そういえば、学園で今話題になっていることがもう一つある。これがまた奇妙なのだが、毎日正午になると欠かさず鳴らされていた希望の鐘が、夏休み明け以降、一度も鳴らされていないのだ。午前の授業の終わりを知らせるものでもあったから、みな初日から不思議がっていた。その日は鳴らし忘れか故障のどちらかだろうと思われたが、次の日もその次の日も正午に鐘が鳴らない。教師たちはそれが当たり前かのような顔で授業の終わりを告げ、教室を出ていく。不思議なのは、夕方の鐘はこれまで通りに鳴らされていることだった。正午の鐘だけが鳴らないのである。

このことは王都でも話題になっているようだった。希望の鐘の音は遠くまで響き渡る。ある日から突然鳴らなくなれば、人々の間でいろいろな憶測が飛び交うのは必然だった。

学園帰りに、僕は『ラズダ書房』に寄ることにした。新聞を買うためだ。夏休み中は一度も来なかったから、しばらくぶりだった。

「やあ、店主」

カウンターに座る店主に声をかけた。

「――ロイか」

眼鏡の青いレンズの向こうで閉じられていた目が開いた。

「相変わらず人がいないな。大丈夫なのか?」

僕はカウンターにもたれかかった。

「余計なお世話だ」

店主とはもう四年の付き合いになる。常連を名乗れるくらいには何度もここを訪れていて、こうして軽口も言い合える仲だ。彼には僕がアヴェイラム家の子供だと伝えていないから、気楽に言い合ったり議論したりできる。僕にとって貴重な相手だ。

「店主は希望の鐘が鳴らなくなったことは知っているか?」

「もちろん知っている。鐘の音はここまで届くからな」

「鳴らなくなってもう四日目。学園からはなんの説明もない」

「四日目じゃない。五日目だ」

「え?」

「九月最後の日、正午の鐘の代わりに弔いの鐘が鳴らされた。その日を入れて五日目だ」

九月の最終日――つまり、夏休み最後の日に、学園では二十三回の鐘が鳴らされたらしいのだ。そのことは新聞でも取り上げられていた。先の事件で死んだ二十三人を弔うためだという話だ。鐘を鳴らさないことも、事件に対する学園側のなんらかの意思表示だろうという見方は学園内でも多い。

「やはり迎賓館の事件が関わってそうだな。死者へ黙禱を捧げるためとか？」

「この記事によるとまったく別の意味があるようだ」

店主が新聞の山から一部を手に取り、僕の前に放った。『日刊ファサード』――僕が最も信用を置く新聞だ。

「『希望の鐘は反魔感情を増幅する装置である』」

見出しにはそう書いてあった。記事の内容を見る。

希望の鐘は一日二回、正午と夕方に鳴らされる。今回問題となっているのは正午の鐘の方で、その意味合いは、悪いものを浄化するというものだ。記事によると、例の事件以降、この『悪いもの』の部分を魔人と解釈する動きが活発になっているという。魔人との戦争を望む過激な思想まで育ち始め、それらの反魔活動のシンボルに希望の鐘が使われている現状を重く見た学園が、鐘を鳴らさないという選択を取った、ということらしい。

「結論、全部クインタスが悪い」

記事を読み終わり、僕はそう締めくくった。

「……簡単にまとめすぎだ」

「でもそうだろう？　反魔感情を国民の心に根付かせたのはクインタスだ。二十三人もの政治家や研究者が殺されて黙っているわけにはいかない。これから反魔感情はどんどん育っていくよ」

「その暴走を止めるには、希望の鐘をやめるだけじゃもの足りないな」

「暴走？　正常な反応だよ。こんな好き放題されて怒らない方がおかしいんだ。希望の鐘だって鳴らし続ければいい。反魔感情が高まって困る国民なんていないんだから。まあ、うちの穏健派の校長は日和ったみたいだけど」

学園に来る前に彼が僕の祖父と対立したのも、そういうところが原因だろう。

「新聞を読んでもコーヒーハウスに行っても、誰もが口を揃えてクインタス、クインタス。崇高な思想など持たない犯罪者風情がいったいどれほどのものか。一人の男にばかりとらわれていると判断を誤るかもな」

店主が諭すように言った。

「その一人の男こそ、解決すべき最大の問題なんだ。僕らは社会全体でやつを抹消しなければならない」

「そうか。俺には関係のないことだ」

「関係ないだって？　店主はあの場にいなかったからクインタスの危険性がわからないんだ」

「ロイはいたのか？」

「あ、いや……あの場にいた被害者の気持ちになって考えるべきだと言っているんだ！」

「仮にその男が危険だとして、一人の男のためだけに大衆の反魔感情を煽る必要はないだろう。そ

の男を殺せば終わり。事件は解決だ」

「そう単純な問題じゃない。やつの仲間がどれだけいるかもわからないんだ」

「これまでの犯行からして、たくさんいるようには見えないが」

議論が平行線をたどっている。

店主は知識や教養はあるが、僕のようにクインタスに関する生の情報を持っているわけじゃない。クインタスの恐ろしさは世間に浸透していても、僕と彼のような一般人とでは決定的に認識の差があるようだった。クインタスが魔人領からの刺客だとすれば、たった一人の犯罪者を殺して終わりとはならないのだ。

「新聞、買ってくよ。釣りはいらない」

僕は議論を打ち切り、ペルペン硬貨を一枚、カウンターに置いた。

「まいど」

いつも通りの声色で店主が言った。僕だけが勝手に熱くなっているみたいだ。

僕は買った新聞を強く握りしめ、店を出た。

新聞に記事が載った翌日、一部の生徒の間で不満が噴出した。校長はあっさりと記事の内容を肯定し、これにより、希望の鐘が反魔主義のシンボルとなることに肯定的な生徒たちは学園を糾弾した。

彼らはアヴェイラム派の中でも好戦的な貴族の子供たちであり、親の指示などもあったと考えられる。

一方で、ほとんどの生徒はそこまでの積極性は持たない。新しくできたルールに従うだけだ。正午に鐘が鳴らないからといって学園生活に支障はない。大人がまた一つ意味不明なルールを追加したと思うだけだ。

また、声は上げないが校長に賛同している者もいるだろう。それは必ずしも校長の考えを支持するということではなく、クインタスだったり魔人だったりに恐怖を抱いているゆえの消極的な賛同だ。

学園の秩序が乱れている。生徒や親だけでなく、『アルクムストリートジャーナル』などの大手の新聞も学園を非難している。しかし、それを受けても、校長は考えを改める気はなさそうだった。

沈黙を続けていた校長が動いたのは十月の下旬に差し掛かった頃だった。その日、校舎の入口近くの掲示板に、校長の名のもと、一枚の紙が張り出された。

本日より、正常化委員会を発足し、ジョセフ・ナッシュ教諭をその顧問に任命する。

なんだそれ、と生徒はみな思った。そんな僕らの疑問に答えるように、寮長から追って連絡があり、正常化委員会の詳細が明らかになった。

まず、この組織が何をするためのものか。その名の通り、現在の異常な学園環境を正常に戻すための組織だという。

では何をもって異常というのか。どうやら校長は、生徒たちの間で反魔感情が高まっていることを問題視しているらしい。青少年が健全な精神を育むのに支障をきたすのだとか。

校長は委員会を発足すると、顧問のナッシュ先生に委員の任命権を委譲し、僕らの理解が追いつかないまま、その三日後には委員会の活動が始まっていた。

委員に選ばれた三人。一人目は現生徒会長。二人目はニビ寮の寮長。そして三人目が、我らがシャアレ寮の寮長、アダム・グレイ。一応、三寮から一人ずつ選ぶ程度の公平性はあるらしかった。

正常化委員会の顧問に任命されたナッシュ先生とはあまり折り合いがよくない。僕が何かをするたびに母の名前を出してきて鬱陶しいのだ。それは僕の授業態度にも問題があったが、根本は僕の母親への敵愾心なんじゃないかと思っている。二人は学園の同級生だったらしいから、学生時代にエルサが何かひどいことを彼にしたに違いない。

エルサにナッシュ先生のことを直接聞いてみたところ、「ナッシュ……ああ、三番目のナッシュ君ね。結構おもしろい子でしょ」と言っていた。エルサのおもしろいの基準がよくわからなかった。三番目というのは学園の頃の成績のことだ。エルサとその友人が常にトップツーに居座っていたせいで、ナッシュ先生は万年三番手に甘んじていたらしかった。今ではかたや王立研究所のエリート研究員、かたや一介の魔法教師。この学園で魔法を教えられる人材が世間的に見れば勝ち組とみなされるとしても、ナッシュ先生にとっては満足のいくキャリアではないのかもしれない。

委員会の活動としてナッシュ先生が最初に行ったのは、クインタスの名を口に出すことの制限だった。今、王都アルティーリアに蔓延する魔人への悪感情は、その大部分がクインタスによって生み出されたものだ。誰もクインタスの話をしなければ学園が正常化されるという考えだろう。次に彼は、学園内での反魔運動を禁じた。青少年が健全な精神を育むための措置だという。

もちろん、ルールを決めただけでは守らない生徒も出てくる。そこで、ナッシュ先生は懺悔玉と呼ばれる魔法具を使って、違反者の取り締まりを始めた。これが学園という閉鎖的な社会に生きる我々には恐ろしく効果的だった。

ナッシュ先生は三人の委員に懺悔玉を持たせた。委員は違反者を見つけ次第、懺悔玉を投げつけることができる。懺悔玉をぶつけられた者は、感情の高ぶりに合わせて肌の色が変わるようになる。ニュートラルな状態のときは緑、喜びや楽しさなどの正の感情のときは赤、怒りや悲しみなどの負の感情のときは青。そうして三色に単純化された感情を周りに晒すことになるのである。年頃の僕らにとってその仕打ちはひどく屈辱的だ。

懺悔玉はナッシュ先生が巡察隊の依頼を受け、開発したものだ。効果は一週間持続するため、犯人の追跡に役立つ。開発者のナッシュ先生のみが解呪方法を知っているため、懺悔玉を当てられた生徒は、もとの肌の色に戻りたければナッシュ先生の部屋に行き、自らの罪を懺悔しなければならない。放っておいても一週間で効果は切れるが、今のところ懺悔せずに一週間を耐え抜いた者はいない。肌の変色までなら受け入れられる生徒も、感情を露出し続けることには耐えられないらしかった。

こうして、教師一人の権限にしてはいささか過ぎたものを与えられたナッシュ先生による学園の管理体制が始まった。血気盛んな生徒は反発しつつも懺悔玉を恐れて大人しくなっていった。一方で、彼を支持する生徒も多い。クインタスへの怒りよりも恐怖が勝り、反魔運動に消極的な生徒たちだ。

ナッシュ先生は、正常化委員会の顧問に就任すると同時に、希望者へ向けた特別授業を開催することを宣言した。対象は魔法科の生徒に限らず、一般科の生徒も受け入れている。自らも熱心に教えることで、彼は生徒の信頼をさらに獲得している。特別授業では、身体強化魔法の習得など、通常の授業では習わないような身を守る術を中心に教えているという。

「ロイ様、聞いておられますか？」

「——うん？　どうした」

「ですから、前におっしゃっていた新しい派閥の話です。政治的な活動をする学生のクラブを今こそ立ち上げてはいかがでしょうか。希望の鐘に頼らずとも、クインタスを退けたロイ様こそ、反魔人のシンボルとなり得る存在です」

新しい派閥——ああ、附属校を卒業する前に生徒会室で話したあれのことか。

あのときはちょっとした思い付きだったが、たしかに今は絶好のタイミングかもしれない。クインタスは僕を恨んでいるかもしれないが、二度も襲撃を受けた僕の方こそ恨む権利があるだろう。そしてなにより、魔法学の研究者を殺して回る無学な野蛮人を、僕は許せそうもない。

「そうだな。悪くないんじゃないか？　クインタスに狙われるのはごめんだが、もう今さらという感じもする。ならいっそ矢面に立ってもいいだろう。あの男には僕も心底腹が立っているんだ」

「さすがでございます。ロイ様」

「当然だ。――ところで君もクラブに入ってくれるのか？　以前はチェントルム公が賛同しないからと渋っていたじゃないか」

「クインタスを嫌っているのは私も同じです。祖父も目を瞑（つぶ）るでしょう」

「そうか。他にマッシュとエベレストは当然入れるとして、ヴァンやサルトルにも声をかけようか」

「スペルビアですか……。私は賛成しませんが、ロイ様が言うのでしたら」


　クラブの活動拠点が欲しかったから学園事務に相談したところ、校長にまで話が伝わり、活動内容によっては設立を許可しないという返事があった。それはそうだ。

　最近の学園のスタンスに賛同できないから新しい政治的なサークルを結成したいと正直に言うわけにもいかない。そこで僕とペルシャは考えた。表向きには別のクラブを名乗り、フェイクの活動で学園の目を眩（くら）ませばいいと。

　しかし、意外とその表向きの活動というのが難しい。吹奏楽のような練習が大変なクラブだと表の活動の方がメインになってしまうし、すでに存在するクラブだと許可が下りない。僕の大本命だった読書クラブも、すでにあるらしい。教える人間が必要な合唱クラブや絵画クラブなどもだめだ。秘密を抱えるのだから、生徒だけで完結するようなものでなければならない。

僕とペルシャだけではアイデアが浮かばなかったから、エベレストとエリィに相談してみたところ、演劇クラブがいいと言われた。たしかに学園に演劇クラブは存在しないが、活動が大変そうだ。そう指摘すると、二人は演劇自体に興味があるそうで、そっちはそっちでちゃんと活動すればいいと言った。それなら大丈夫そうかと、僕は納得した。彼女らが表の活動に真剣に取り組んでくれるなら、いい隠れ蓑になりそうだ。

というわけで、僕がリーダーとなって演劇クラブを設立することになった。事務の人に具体的な活動内容について聞かれたから、とりあえず年末の精霊祭に向けて劇の練習をしていくと答えた。クラブの名称はまだ決まっていない。最初の集まりのときにメンバー全員で決めるから、それまでは保留にしてくれと頼むと了承してくれた。そして、僕らの仮の活動拠点として旧音楽室が与えられた。

旧音楽室は、いつもの僕らの行動圏からは外れた、少し奥まったところにある建物の一室だ。アルティーリア学園の敷地内には多くの歴史的建造物が存在するが、その中でもとくに古そうな外観をしている。建物は古いほど歴史的な価値が上がるらしいが、この建物からはそういった威厳のようなものは感じ取れない。ただ古いだけという印象だった。

薄暗い廊下を経て目的の部屋に入ると、空気が滞っているのか、息を吸えば胸のあたりに違和感を覚えた。隅っこにぽつんと置かれたピアノは、寂しげに埃を被っている。大きな張出窓が二つ、教室の前と後ろに取り付けられていて、木造のそれを力を入れて押すと、ギィと不気味な音を立てて、両側に開いた。大きく息を吸い、空気のおいしさを思い出す。

「校長のやつ、もっといい部屋はなかったのか？　こんな廃教室を押し付けてくるなんて」

思わず文句がこぼれる。普通は学園事務がクラブの部屋を決めるはずなのに、なぜか校長が口を出してきたのだ。

「演劇クラブだとしても、ロイ様の活動を支援したくないのでしょう。校長からしたらロイ様の影響力がこれ以上増すのは嫌でしょうから」

ペルシャがもうひとつの窓を開けた。

アヴェイラム家の人間というだけで校長からしたら政敵のようなものだ。それに加え、近頃クインタスの事件のせいで学園内での僕の影響力は増していて、これ以上注目を集められる前に僻地へと追いやっておこうと考えたのかもしれない。

張出窓の外側へ突き出した部分にペルシャと並んで腰掛けて待っていると、事前に招集したメンバーが続々と集まってきた。エベレストとエリィは、部屋の後方に無造作に置かれていた簡素な木の椅子を部屋の真ん中まで持ってきて、さっと埃を払ってからそれに座った。ヴァンはもう一方の張出窓付近の壁に背中を預け、そのすぐ近くでマッシュがピアノの屋根をハンカチで拭いている。

「今日集まってもらったのは他でもない」

僕は取り澄まして、まるで舞台役者かのように語りかけた。

「なんだよ。もったいぶって」

ヴァンが胡散臭(うさんくさ)そうに横目で僕を見た。

「まあヴァン、黙って聞いてくれ。僕はこれから、学園の管理体制に対抗するためのクラブを立ち上げようと思っている。君たちにはそのサークルの初期メンバーになってもらいたい」

いまいち反応がよくない。

誰もピンときていないのか、なんと言ったらいいのかわからない様子だ。エベレストとエリィには事前に言っておいたはずだが、もしかして僕が純粋に演劇クラブを作ったと思っているのか？

「ほら、あれだよ。去年、卒業前に話しただろ？　ま、まさか誰も覚えていないのか？」

「ロイさまぁ、そのクラブって何をするものなんですか？」

ピアノの前の椅子に腰掛けているマッシュが疑問を口にした。

「そうだな——大雑把に言えば、社会の不条理に対して、大人たちに任せずに学生自らが声を上げ、世の中を変えていこう、という趣旨のサークルだ」

「気に入らないことに大声で文句を言う集まりってこと？」

「それはちが——いや、要約すればそういうこと……なのか？」

「ふーん。それじゃあ、ロイさまは世の中に対して文句があるってことですか？」

マッシュは質問をすると、問いの答えには興味がないかのようにピアノに向き合って、ピアノの鍵を右手の人差し指で押し込んだ。

こもったような不鮮明な音が鳴った。調律の問題だろうか。

「あるさ。僕はクインタスが野放しになっている現状が許せないんだよ」

「——意外だな。ロイにそんな正義感があったなんて」

ヴァンが腑に落ちないといった様子で首をひねった。

「正義は貴様の領分だろう。僕は研究者が次々と殺されていくことに憤りを覚えているんだ。研究者なくして国に——いや人類に進歩などないのだから。失われているのは有象無象の命じゃないんだ」

「ひどい言い様だな。だけど、そういう理由の方がロイらしいな。俺も魔物とかクインタスに怯えた学園の空気はなんとかしたいと思ってる。打倒クインタスは難しいかもしれないけど、俺たちが声を上げれば、他の生徒たちにとっての希望くらいにはなる。俺は参加するよ」

「いかにも英雄らしい動機には寒気がするが、歓迎しよう」

「それはどうも」

「ボクも参加でいいよ。クインタスのことはしょーじき怖いけど——でもロイさまがやることだから、なんとなく入った方がよさそう」

マッシュは言い終わるとゆったりとした、しかし暗い響きの曲を弾き始めた。

単音だとくぐもっていた音も、こうして音楽として聴くと悪くない。むしろ曲調と合っていて聴き心地はよかった。僕の耳が悪いからかマッシュの技量がいいからかはわからないが。

鍵盤を滑るマッシュの指から目を離し、部屋の中央で隣り合って座るエベレストとエリィを見やった。

「――わたくしは、迎賓館の事件のあと、危険なことには関わってほしくないと両親から言われてしまいましたの……」

「そうか……。それは、仕方がないな」

クインタスはアヴェイラム派の貴族の中でもとりわけ政治や軍事に深く結びついた貴族を狙っている印象がある。僕やペルシャは一番危なそうだ。エベレストの家――アルトチェッロ家は僕たちとは若干毛色の異なる家柄だから、クインタスのターゲットになりそうではないが、アヴェイラム派である以上、親が娘の心配をするのは当たり前のこと。無理強いはできない。

「――ですが、学内の活動だけでしたらわたくしも携わらせていただきますわ。懺悔玉(ざんげだま)には徹底的に抗議いたしますわ！」

「いいのか？」

「はい。とある男子が懺悔モードになったのですが、あれは本当に恐ろしいですわ……。普段はとても威張ってらっしゃるのに、そのすべてが見せかけのものだとクラスメイト全員にバレてしまいましたの」

かわいそうに。他人事(ひとごと)だと笑えない。

いつも外側を取り繕って余裕ぶってる僕も、懺悔モードで醜態を晒す自信がある。澄ました顔をしているのに、数秒おきに肌の色が赤と青を往復する。普段取り繕っているだけで、本当は小さなことで動揺するのが丸わかりになるだろう。とんでもない屈辱だ。

「あたしも参加するよ。でもその代わり、アヴェイラム君たちも演劇に参加してよね」

エリィが言った。

正直演劇などやる気は起きないが、エリィに入ってもらわないとエベレストも抜けると言い出しそうだ。

「いいだろう。こう見えて演技は得意なんだ」

「悪役とか似合いそうだもんね」

エリィの言葉にヴァンが笑った。笑いたければ笑えばいい。悪役が似合うというのは才能なんだ。

「さて、これで一応はこの場にいる全員が初期メンバーとして名を連ねることに決まった。活動方針でも話し合おうか——なんだ、サルトル」

エリィが手を上げた。

「商品を売るには、品質の前にブランド名が大事なんだよね。だから先にクラブの名前を決めようよ」

「新進気鋭のサルトルの娘が言うのならそうなのだろう。何かアイデアは？」

「うーん、そうだなあ。うちみたいにファミリーネームをそのまま使って『アヴェイラム』とか？」

「……家の名は使わないでおこう」

僕が勝手にやることだからアヴェイラムの名を使って、家と関係があると思われるのは都合が悪い。

しかし、どんな名がいいだろうか。オリジナリティは出したいけど、あまり奇を衒(てら)いすぎるのも、周りに受け入れられないだろうし。

面倒だな。そもそも僕は、いい感じの名前をつけるのって、あんまり得意じゃない。

「アルティーリア学園だから、アルティーリアを入れるのはどうだろう？」

ヴァンが提案した。

学園の名もそうだが、この都市の名自体がアルティーリアだから、活動場所が広がっていくことを見越せばいいネーミングだ。

「それでは学園の代表のように思われるのではなくて？　わたくしは嫌ですわ」

エベレストが即座に反対する。たしかにそうだな。僕もよくないと思っていた。

「……それじゃあアルトチェッロさんは何かいい意見があるのかい？」

ヴァンが不満そうに聞き返す。

「そうですわね――貴人(きじん)クラブなどはいかがでしょう？　わたくしが所属するのにぴったりですわ」

エベレストが得意げに言った。

実際僕らは一番身分の低いエリィを含めて、全員一般市民より上の階級だ。貴人クラブか。聞けば自然と見上げてしまうような名だ。悪くないんじゃないか？

「ルカちゃん……。そんな偉そうな名前じゃあ、一般生徒の反感を買っちゃうよ？」

エリィが呆れたように苦言を呈した。

やはりか。僕もよくないと思っていた。

「偉そうだからよいのではありませんか。ペルシャもそう思いますわよね？」

「会員として恥ずかしくない名前なら私はなんでも構いませんが、そうですね——ここはやはり、発起人であるロイ様に命名していただきたいところです」

ペルシャが遠回しにエベレストの意見を否定した。

ペルシャめ。自分の意見を言う順番をちゃっかり受け流して、僕に擦り付けたな。それなら僕も、明日以降の僕に擦り付けようか。

「ふむ。この議題はなかなか難航している。サークル名決めはまた後日に——」

「ロイ様。あなたが面倒なことを先送りにする性格だと、私はすでに気づいておりますよ」

隣に座るペルシャが小声で僕に耳打ちをした。

とそのとき、部屋の中を緩やかに流れていたピアノの旋律が、力強さを増して耳に入ってきた。

マッシュを見ると、なにやら満足気にうなずき、独り言をこぼす。

「うーん。やっぱり音の境界が捉えにくいなあ。逆にぼやけた感じを活かすとか？」

マイペースな子だ。

紙に黒鉛でせっせと何かを書いている。有名な楽曲を弾いているのかと思っていたが、作曲をしているのだろうか。彼はこの頃、真剣にそっち方面の勉強をしているらしい。

「音の境界か。いい響きだな――よし、サークル名は『境界』にしよう」

いろいろと煩わしくなり、僕はマッシュがつぶやいた言葉の語感を頼ることにした。

「『境界』ですか。さすがに決め方が安直すぎませんか?」

横に座るペルシャが、じっとりとした目を向けてくる。

「いや、ほら、我が国グラニカ王国は人間領の最西端に位置する島国だろう? つまりは人間領と魔人領の境界なんだ。境界の守護者として魔人の侵略を許さないという深い意味を感じないか? 決していい加減に決めたのではない」

咄嗟に思いついた設定は、意外としっくりきた。しかし、ペルシャはなおも疑わしげに目を細める。

「なるほど。それは目的に則っていると言えそうですね。しかし『境界』だけでは少し物足りないように思います」

「そうか。ならば『境界』の前後に適当に何かつけよう」

「適当って。なら、それこそ今ロイが言った『境界の守護者』でいいんじゃないか?」

ヴァンが壁から背中を離し、話に入ってきた。

「それはさすがに安直すぎるだろう。安っぽさも感じる」

「そうですね。時代遅れの脳筋が考えそうな名前です」

僕とペルシャにすげなく一蹴され、ヴァンは複雑な顔をして何か言い返そうと口を動かしていたが、やがて諦め、再び壁にもたれかかった。数的優位で一人を追い詰めるのは楽しい。相手がヴァンならなおさらだ。僕はペルシャと顔を見合わせ、勝利を分かち合うように拳をぶつけ合った。

「そう言う二人には、きっと素晴らしい候補があるんだろうな？」

ヴァンが戦いに無様に敗れた小悪党のような捨て台詞を吐いた。声も若干震えている気がする。

「『境界の演劇団』にしよう」

「演劇団をつけ足しただけじゃないか！」

「単純な方が覚えやすいだろう」

「そうですね。無駄に気取りすぎていないところがよいと思います。みなさんはどうです？」

ペルシャが賛同する。

「いいんじゃない？」

「そうですわね。案外単純な方が高貴な感じがして、よいと思いますわ」

エリィとエベレストが続けて賛成する。マッシュは――たぶん反対しないだろう。最後にヴァンに目を向ける。

「まあ……いいんじゃないか？」

渋々といった様子でヴァンが賛成し、僕たちのグループ名は決定した。

第十八章

OLD ENOUGH
TO LEARN MAGIC!

秋が深まり、学園の男子生徒がフロックコートを羽織り始めた頃、迎賓館の事件で片腕を失ったワイズマン教授が大学に復帰したという知らせが、兄よりもたらされた。

僕らを庇(かば)ってクインタスと戦ってくれたことへのお礼も兼ねて、あの日迎賓館に行ったメンバー、ペルシャ、マッシュ、エベレストとともに、再び彼の研究室へ赴き、快気祝いの挨拶を行うこととなった。

教授が舞台上でクインタスを足止めしてくれていなかったら、混戦の中で僕ら学生にまで被害が及んでいたかもしれない。感謝の念は少なからずある。しかし、あのときの彼の言動からして、もしかしたら彼自身、戦闘を楽しんでいて、僕たちを庇う意図などなかったのではないかとちょっとだけ疑っている。なにせ、腕を切断され、死にそうな状況でさえも、クインタスの魔法剣に感心していたくらいだ。

実は今回の訪問で僕にはもう一つ目的がある。

ワイズマン教授の研究室は、イライジャ師匠やエルサが学生時代に在籍していた研究室の傍流だ。当時の研究資料も多く所持しているだろう。お礼だけでなく、研究室とのつながりを持っていたいという思惑があった。むしろそちらの方が本命と言ってもいいかもしれない。

エルサの書斎で資料を漁(あさ)るばかりではなく、そろそろ自分の研究も始めてみたいし、この機会に教授に頼んでみるのもありだろう。

学園が休みの日、僕たちは朝から大学の正門前で待ち合わせをし、研究室を訪れた。

「いやあ、久しぶりですねえ、ロイ君。あの日の君の活躍は研究生たちからしっかりと聞いていますよ。ああ、どうして私は気を失っていたのでしょう。君の雄姿が見られると知っていたなら、意地でも意識を保っていたでしょうに」

教授は本当に残念そうに眉尻を下げた。

ここの研究生たちは、彼にどんなふうに話したのだろう。話に尾ひれがついていそうだ。

「今日はご足労いただいて、すみませんね。私も君に助けられたうちの一人ですから、本来ならこちらからアヴェイラムの屋敷に出向くべきでしたが、如何せん、君の母親からは心底嫌われているみたいでして。ロイ君の方から訪ねてきてくれて、助かりましたよ。大学に復帰してすぐに君のお兄さんに言伝を頼んだ甲斐がありました。さあさあ、ついてきてください。他の三人も」

片腕を失った相手にどんな声をかけてやるべきか、といった憂慮はワイズマンに上機嫌に出迎えられたことで霧散した。

先導する教授を後ろから見る。彼の左腕は長袖に覆われていて目視することはできないが、肘のあたりから先の袖がペラペラと揺れていて、質量が感じられなかった。

研究室の奥にある扉から隣の部屋に入る。そこは小さな講義室のようになっていて、黒板の前の椅子に教授が座り、僕たちはこれから彼の授業を受けるかのように、長テーブルの前に並んで腰を下ろした。

「ここはね、普段は学生がディスカッションや研究の進捗報告などに使う部屋なんですよ。私の居室だと君たち四人が並んで座ることができないのでね。心苦しいですが、ここで対応させていただきますよ。――さて、何から話しましょうか」

教授が僕たちを順に見渡し、最後にもう一度僕を見た。

「ワイズマン教授。ご快復……と言ってよいのかわかりませんが、大学へ復帰されたと聞いて、安心しました」

僕は教授の左腕に目をやった。

「ああ、これですか？　これは君たちが思っているほどひどくはないんですよ。関節は残っていますから。ほら」

そう言って教授は袖を捲ってみせた。

思った通りのひどさだよ。そう言いたいのを堪え、教授が関節を動かすのを僕たちは黙って見た。関節から先がなくなっているのに本人はまるで悲壮さを感じさせないのが、逆に薄気味悪い。変わった人だとは思っていたけど、やっぱり変わった人だ。

教授の腕をよくよく見ると、クインタスの剣術の技量の高さが幸いしたのか、切断面は凹凸も少なく、綺麗なものだった。そういう意味ではたしかにひどくないと言えるのかもしれないが、それを見せられた僕たちはどう反応すればいいのか。

「なるほど、美しい切断面ですね。――ところで、今日ここを訪れたのは、クインタス襲撃の日、教授が僕たちを守るためにクインタスに立ち向かってくれたことに対して、お礼を言いたかったたからです。その節は、どうもありがとうございました」

教授は捲っていた左袖を伸ばした。

「いえいえ、さきほども申し上げた通り、あれはほとんどロイ君とスタニスラフ君、おふたりの活躍のおかげだと、研究生たちからは聞いていますよ。クインタス本人ではなく、より御しやすいもう一人を戦闘不能にするとは考えましたね。あなたたちの目論み通り、仲間の救命のため、クインタスは撤退せざるを得なくなった。素晴らしい策略です。それに聞きましたよ！　交渉も完璧だったらしいですねぇ！」

教授の語り口に熱が帯び始め、僕は気圧された。

「はは。ありがとうございます」

「クインタスを言葉巧みに誘導し、道化を演じて敵を油断させたところで、背中からズドン。高火力の雷魔法一撃で仕留める。スタニスラフ君も命がかかっているというのに、何も言わずにロイ君を信じ、作戦の成功に貢献したと聞いています。お二人の機転と信頼関係がなければ、決して成し得なかった、まさに偉業と言って差し支えありませんよ」

身に覚えのない英雄譚を聞かされ、僕とペルシャは顔を見合わせた。

僕たち二人が示し合わせ、すべて計算の上でクインタスを撃退したものだと勘違いしているようだ。教授は研究生からの伝聞なわけだから、そうなってくると、このラボの研究生の間ではその解釈が広まっているということになる。いや、下手すると世間的にはそういうストーリーになっているのか？　学園での過剰なまでの英雄扱いを思えば、そうだとしてもおかしくはない。

これがクインタス襲撃事件の正史であるかのように語られているとしたら、客観的に見てたしかに僕は英雄と言えそうだった。歴史上の偉人のホントかウソかわからないすごい伝説というのは、きっとこういうふうに作られるのだな。

僕の認識では、恐怖や怒りで情緒不安定になった僕が暴走したらたまたまうまくいっただけだ。こんなのが事件の真相なのだと教えてやったら、きっと僕を英雄視している者たちの幻想など、砂の城のごとく脆くも崩れ去ってしまうに違いない。

「あのときは無我夢中だったので、作戦が成功して、本当によかったです。そうだな、ペルシャ？」

僕は、教授が勝手にいい方に勘違いしているのを、あえて訂正するようなことはしなかった。英雄視されるのには嫌気がさしているが、わざわざ自身の評判を下げてまで訂正するほどではない。ペルシャに同意を求めると彼は物言いたげに目を細めて僕を見たが、片目をパチリと瞑って話を合わせるように促してやると、やがて諦めたように教授に語り始めた。

「そうですね。あれ以外の方法では、もっと犠牲者が増えていたでしょう。無杖魔法の使い手であるロイ様ゆえに考えついた、アドリブながら極めて精緻な作戦でございました」

「ふむ。スタニスラフ君はロイ君が杖を使わずに魔法を使えることを知っていたのですね？」

「存じ上げておりました。ゆえに、私はあえて無抵抗でクインタスのいる壇上へと向かったのです。抵抗すれば拘束されて無理やり連れていかれていたはずです。そうなっていたらロイ様は魔法の狙いをうまく定められなかったでしょう」

　ペルシャがさらっと嘘を吐いた。

無杖魔法を使ったのはあれが生まれて初めてだった。自分でもあの瞬間まで使えることを知らなかったのだから、ペルシャが知っているはずがない。話を合わせるように求めたのは僕だけど、よくもまあ、これほど堂々と顔色も変えずに虚言を並べられるものだ。

「素晴らしい。学園一年生の子供とは思えない思慮深さ。そして精神の強靭さ。アヴェイラム派は将来が安泰ですねぇ」

「ありがとうございます。ロイ様が私を見殺しになど、まさか、するはずがないと信じておりましたので」

　それはペルシャを生贄にして生き延びようとした僕への当てつけだった。

　恐る恐るペルシャの方を見ると、そんな僕のバツの悪さをよそに、彼は涼しい顔だ。だけど、こうやって冗談半分で言ってくれるだけありがたい。彼を見殺しにしようとした罪悪感はいまだに消えていない。

　教授は感銘を受けたように何度も頷く。多少嘘や誇張が含まれてはいるけど、多くの命が救われたという結果に変わりはないのだから、教授には悪いが、その勘違いを利用させてもらうことにする。なぜなら僕にとってはここからが本題だからだ。

　僕は唇を舌先で湿らせた。

「さて、ワイズマン教授。今日こうして伺ったのは、実はもうひとつの理由、と言いますか、お願いがありまして」

僕の真剣さが伝わったのか、教授は教卓に右肘を載せ、前かがみになった。

「ほう。ロイ君の頼みならば、最大限、便宜を図りましょう」

「ありがとうございます。――実はですね、魔法学の研究を僕もそろそろ始めたいと思っているんです。しかし研究をしようにも問題がありましてね……」

「問題というと――なるほど、大学の研究設備を利用したいということですね?」

「はい。――許可、いただけませんか?」

教授は考え込むように眉を寄せた。

「ふむ、そうですねえ……。外部の方が大学の研究設備を利用することは、いろいろと難しいのですよ。もし利用するのであれば、ロイ君は研究生として私のラボに所属する必要があります」

「それは、可能なのですか?」

「それ自体は可能です。優秀な人間は年齢を問わず、より良い環境で学び、研究を行っていくべきですから、そこに制限はありません。ロイ君なら、おそらく二、三年もしたら飛び級でこのアルクム大学に通っているでしょうが、もし今すぐにでも研究がしたいというのであれば、学園に通いながらでも時間のあるときにここに来て、研究をすることはできます。私が推薦しましょう」

教授の推薦がもらえるなら、それほど心強いことはない。

だけど、教授の態度が少し引っかかった。手放しで歓迎されている感じではない。

「何か憂慮すべき点があるのですか？　ひょっとして、学園に上がったばかりの僕が研究で成果を出せるのか、心配されているのですか？」

年齢を問わず受け入れているといっても、中学生を自分の研究室で自由にさせるなんて当然躊躇するはずだろう。そう思ったのだが、教授は笑って否定した。

「その点は心配しておりませんよ。いえ、心配していないというのは、少し違いますか。そうですねぇ、研究テーマというのは非常に摑みづらいものでしてね。それが近くにあっても、気づかない学生は多い。いえ、学生でなくとも、私のように何十年と様々な研究を行ってきた身でさえ、思考の片隅に浮かぶアイデアの尻尾を摑み損ねてしまうものです。ですから、生涯の研究と呼べるものに出会えるかどうかは、運の要素がとても大きいのですよ」

「運、ですか」

「ええ。学業において飛び抜けて優秀であっても結果が出ない学生を、これまで何人も見てきました。そういう意味では、たしかに私はどの学生のことも心配はしています。しかし、それ以上に期待をしているのです。私が到底思いつかないような理論を、若人たちが導き出してくれるのを。一度尻尾を摑んだのなら絶対に離してはいけませんよ。それをしっかりと握りしめたまま、慎重に、着実に研究を進めていけば、結果は自ずとついてきます。ですので、若さを理由に気負う必要などありません。私はあなたに期待しています」

教授の言葉には深い含蓄があった。

前世で僕は優秀だったし、大学生ながらにスタートアップ企業を立ち上げ、開発者としても同世代で頭一つ抜けていたが、それも死ぬまでのたかだか数年の経験であった。若さゆえの驕（おご）りもあり、痛い目だって見た。未熟もいいところだ。数十年に渡って実績を上げ続けてきた教授とは比べるべくもない。

ゆえに、教授の言葉は僕の心に響いた。もう一度まっさらな気持ちで研究開発に臨もうという気にさせてくれる。

「ありがとうございます、教授」

性格に多少の難はあっても、研究者としてこの人は信じられる気がした。

ワイズマン教授は満足げに、大きく頷いた。

「すみません、話が逸（そ）れてしまいましたね。——私が気にしているのは権利についてです。研究成果の権利の帰属先については、魔法学のみ少々特殊な扱いになっていましてね、研究室に入る前に十分に留意してもらいたいのです」

「特殊というと？」

「他分野と比べて国の管理が厳しいのですよ」

権利関係の話は、なるほど、気を配らなければいけない。大学が権利を持つのは仕方がないとして、国までもとなると、僕はあまり聞いたことがないが、想像するだけでも動きにくくなりそうだとわかる。

「なるほど。魔法学は国力に関わる分野ですから仕方ないのでしょうね」

「ええ。さらに、研究成果の権利の関係で、優秀な学生の進路は王立研究所などの国の機関にほとんど限定されています。在野に流れることが少ないのですよ」

「それは僕にとってはメリットですね。国が用意した最高の設備で研究ができるのですから。それに——母も王立研究所にいますし」

「それは重畳。たしかに研究がしたいだけの人間にとりましては、王立研究所が選択肢の最上位に挙がるでしょうね。——ああ、胸が躍りますねぇ。あのエルサさんのお子さんが研究の道を選び、彼女のあとを追う姿。それをこのように間近で見られる喜び。素晴らしいですねぇ」

教授は喜びを噛み締めるように目を瞑った。

彼のエルサに対する評価の高さはいったいなんなのだろう。僕の母親は研究者としてよほど優れているのか。以前エルサになんの研究をしているのか聞いたことがあったが、はぐらかされてしまった。だから、僕は母の研究がどれほどすごいのか知らない。

教授ならエルサの研究のことを知っているのだろうか。

「教授は僕の母が何を研究しているのかご存じなのですか？」

教授は頷いた。

「ええ、もちろん。エルサさんは主に、魔力が人に与える——おっと、そうでした。彼女の研究は非公開でしてね、たとえロイ君であろうとも教えるわけにはいけません。うっかりしていましたよ。ただ、そうですねぇ――国の未来を担う重要な研究であるとだけ言っておきましょうか」

こうも隠されると余計に知りたくなってくる。

しかし、さっき教授が言っていた通り、魔法研究は国によってコントロールされているようだから、王立研究所なんかはとくに情報漏洩に厳しそうだ。

教授からも教えてもらえないとなると、いよいよエルサの研究について知る術はなくなった。彼女の研究については、進行中のものに限らず、過去のものまで、多くが秘匿されている。国家機密のプロジェクトか何かなのか？

国の未来を担う研究とはまた、なんというか、壮大すぎて見当もつかないな。研究所に就職すれば知ることができるのだろうか。いつの話になるのやら。

「いつか僕も、母のように名誉ある研究をしてみたいものです。――では教授、研究室への配属の件、よろしくお願いします」

「ええ。準備ができ次第、書類を送ります。いやぁ、すみませんねぇ。ロイ君とばかり話し込んでしまいまして。スタニスラフ君たちも、何か私にできることがあれば遠慮なく言ってください」

僕は要望が通ったことに安堵し、肩の力を抜いた。

子供の身だとどうしたって軽んじられてしまうから、大人と対等に話すのは難しい。今回僕の要望を教授がすんなりと承諾したのは、クインタスの件で僕が結果的に彼の命を救うことになったのが大きく影響しているはずだ。エルサの息子だからというバイアスもあるかもしれないけど。

いや、むしろそっちの方が主な理由だったりしないか？　この人のエルサへの信奉度合いを見るに、あながち間違ってないかもしれない。

「ワイズマン教授、よろしいでしょうか」

右隣に座るペルシャが挙手をした。

「なんでしょう、スタニスラフ君」

「教授はルメール教授と親交があると伺っております。もしよろしければ、口利きをお願いできませんか？」

「ふむ、君は政治哲学に興味があるのかな？」

「はい」

「いいでしょう。ルメール先生からしても、チェントルム公爵家とのつながりができるのは望むところでしょうからね」

「ありがとうございます」

「君たち二人は何かありますか？」

教授はマッシュとエベレストに向かって言った。二人とも借りてきた猫のように大人しい。

「遠慮しなくてもいいんですよ。あの日の出来事は子供でなくとも見るに堪えない凄惨さでした。私の研究室の学生の中にも、どうにも気が塞いでしまって研究に専念できない子が何人かいます。

心に傷を負ってしまったことは、講演に招待した私の責任でもありますから、少しでもお詫びがしたいのです」

教授は痛ましげに眉尻を下げた。

クインタスによって人が次々と呆気なく斬り殺されていき、大人たちの体の部位が床に散乱している光景を思い出すと、数ヶ月経った今でも気が滅入る。その程度で済んでいる僕は、耐性のある方なのだろう。あの日、最も死に近づいたのはペルシャだった。僕はそんなペルシャを一番心配していたが、彼は当日に少しだけ弱さを見せたくらいで、そのあとは塞ぎ込むこともなかった。

一方、マッシュとエベレストは相当こたえているようだった。マッシュはぼうっとすることが増えたり、マイナー調の曲ばかり弾くようになったし、エベレストは他の女子生徒に対する高圧的な態度が軟化して、エリィによく心配されている。エベレストと喧嘩することが減ったことを、エリィが悲しそうに語っていた。

「――ボクはべつにいい、です。あ、有名な作曲家とか紹介してくれるなら嬉しい、ですけど」

マッシュは、彼なりの丁寧な言葉遣いで言った。

「作曲家……。難しいですねぇ。私は音楽には明るくありませんから――今師事している方はいないのですか?」

「えっと、先生は有名なピアニストだけど、作曲はしません」

教授は腕を組もうとしたのか、右手を胸の前へ持っていき、苦笑いを浮かべた。左腕がないことを忘れていたみたいだ。

「アルクム大学にも音楽学部はありますから、そちらの方に掛け合ってみましょう。――あなたはどうですか?」

教授は一番右端に座るエベレストを見やる。

「わ、わたくしは……」

エベレストは言葉に詰まってこちらへと顔を向けた。

大学の教授にお願いをしていいと急に言われても、中学生であれば、エベレストのように困ってしまうのが普通かもしれない。

「エベレストはファッションに興味がおありでしたね」

ペルシャがエベレストに助け舟を出したが、教授は渋い顔をする。

「女性のファッションとなりますと、私は完全にお手上げですねぇ。――ああ、そういえば、年末の精霊祭の週にある大学での催しに参加されてみてはいかがですか? ファッションとは少し違うかもしれませんが、その日は毎年、普段よりもいくぶん気取った格好で大学に来ている学生が多いですよ」

もう精霊祭の時期か。

もともと北部の民族の祭りだから、西部の貴族であるアヴェイラム家の僕としては、あまり馴染(なじ)み深いとは言えない。ここ、王都アルティーリアにおいては、毎年盛大に祝われているが、僕の家ではメイドたちが家の中や玄関先を控えめに飾り付ける程度だ。

今年はどうなるのだろう。街ではいまだに魔物が出ているし、クインタスも野放しになっているから、往来は寂しく、あまり大はしゃぎするような雰囲気ではない。学園でも毎年、冬休み直前に精霊祭が開催されているが、今年は校長が乗り気ではないと聞く。

大人たちはみんな自粛モードだ。しかし、学園生たちは当然精霊祭をやりたいから、もし開催中止となれば反発はすごいことになるだろうな。

「さ、参加いたしますわ。もう一人、わたくしの友人を呼んでも構いませんかしら?」

エベレストが背筋を伸ばした。

「大学の精霊祭は君たちが通う学園のものと違って、学生たちが自主的に楽しんでいるだけですから、私の許可は必要ありませんよ。研究生のフランチェスカ君あたりに、このあとにでも詳細を聞いてみるとよいでしょう」

講義があると言って教授は部屋を出ていき、僕たちは隣接する研究室に移動した。

研究室では学生たちがおのおの作業をしていたが、こちらに気づくと手を止め、僕たちを手厚く歓迎した。

とくに僕とペルシャは、クインタスのことで飽きるほど感謝の言葉を聞かされた。

あの日、迎賓館まで案内をしてくれたフランチェスカからは、感謝どころか謝罪までされた。本当は私たちが子供を守るべきだった、重い役目を担わせてしまってごめんなさい、と涙ながらに彼女は言った。僕自身、なんで自分ばかりあんな目に、と思わないでもなかったから、謝罪は素直に受け入れておいた。

OLD ENOUGH TO LEARN MAGIC!

エルサの書斎の蔵書数は個人で抱えるには多く、すべての資料に目を通すには途轍もなく時間がかかる。僕がここに初めて訪れてから四年以上経った今でも、まだまだ全部に目を通し切れていなかった。

同じ文章量でも、内容が専門的になればなるほど理解して読み進めるのに膨大な時間を要する。斜め読みしてもなんとなくストーリーを追える小説などとはわけが違うのだ。

知識が増えるにつれて読む速度は上がっていくとはいえ、この量の研究書を所持し、おそらくすべてに目を通しているエルサの魔法学に対する熱心さには舌を巻くばかりだった。

読んでいたものが一段落し、それに関連する資料を探しに僕はエルサの書斎を訪れた。

本棚を順に見ていくと、一番下の段の左端に、やけに古ぼけた本を見つけた。

そういえばこんな本もあったな。前に見たときはスルーしたけど、よく考えれば、ここにあるには場違いの本だ。

僕は本を棚から抜き出し、表紙を見た。革の装丁は傷だらけだったが、『ラズダ姫』という文字が辛うじて読み取れた。

ラズダ姫――ちょうどつい最近、歴史の授業で彼女の時代を習ったところだが、その名前はずっと前から知っていた。小国の王女でありながら、その類稀なる才覚で歴史上初めてグラニカ王国を統一へと導き、初代女王として君臨した女傑。この国に住んでいてその名を知らぬ者などいないというほどの偉人である。しかし、どれだけ有名な人の伝記でも、魔法学の資料にまみれたこの書斎の、しかもこんな片隅にある理由は思い当たらない。

表紙をめくる。中はカバーほど状態は悪くなかった。

最初の章を読み始めると、単語の綴りが現代と異なっていたり、文体が古めかしかったりして、少し読み辛かった。物語形式になっていて、堅苦しさはそれほどなく、話し言葉は比較的理解しやすいのが救いだった。

読み進めていくと、これは自分が前に読んだことのある版とは話の流れが所々違っていることに気づいた。息抜きにチラ見するくらいのつもりが、先が気になってページをめくる手が止まらない。

ラズダは幼少の時分から魔法の残滓を見ることができました。彼女は天より与えられしその力を存分に活用し、戦の世界へと足を踏み入れます。そして、稀代の戦術家として、その勇名を本土に轟かせるようになるのです。

古めかしい文章を読むのに慣れてきたところで、ふと、気になる記述を見つけた。魔法の残滓を見ることができる――ラズダ女王がそんな能力を持っていたなんて聞いたことがない。

物語の語り手の視点も気になった。僕が読んだことのある『ラズダ姫』はグラニカ王国の本土であるグラニカ島に、モクラダ王国出身のラズダ姫がやってきたという目線で書かれていて、そこからの快進撃をストーリーの主軸としていた。だけどこの本は、ラズダ女王が生まれ故郷でどのような幼少期を過ごしたかなどが丁寧に描写されていて、彼女の近くにいた人物の視点のように思える。

グラニカ島にやってきたのではなく、進出していったという体（てい）で書かれているのは新鮮だった。

最後のページまで飛び、著者の情報を見る。出身地や出身大学から何かヒントが得られるかと思ったが、生年月日の記載のみだった。

ラズダ女王は小国出身というだけでなく、ネハナ人と呼ばれる少数民族の母親を持つ。ネハナは閉鎖的な民族だったらしく、謎が多い。ラズダ女王の突出した才覚を思うと、その血にはロマンを感じる。

この本がネハナ人によって書かれたものだと考えるのは、夢を見すぎだろうか。

ラズダ女王の子はみな夭逝（ようせい）してしまって今の王族にはネハナの血は流れていない。彼女の死後、権力闘争の末にネハナ人は故郷を追われ、歴史から姿を消して久しい。すでにその血は絶えたとも言われている。

僕も一応王族の血は引いている。第何位か知らないけど継承権もある。しかし、先祖を遡って行き着くのはラズダ女王ではなく、彼女の異母弟であるシャアレ王である。

僕に一滴でもネハナの血が入っていたらロマンがあるのに。歴史のもしもを考えずにはいられない。

ラズダ女王は魔法の残滓が見えたということだが、ただの脚色だと片付けるのは早計かもしれない。たとえば、ネハナ人は遺伝的に魔法を見ることに関して視覚が発達していた民族だったとか、魔法の素養が高かったとか、そういう可能性もあるのだ。

人が色を認識できるのは、特定の光の波長に対して高い感度を持つ視細胞が三種類——少なくとも地球の人類基準では——存在するからだ。赤、緑、青に強く反応する視細胞が外界からの情報を受け取り、それを脳が処理する。その結果、三色の組み合わせ方によって様々な異なる色として認識することができるのである。

仮にラズダ女王が魔法の残滓を見ることができたのが事実であるとすると、魔法は電磁波に類する何らかの波を発しているのではないだろうか。ラズダ女王は、その波を感知できる視細胞を持っていたと推察できる。

「試してみるか」

魔法の残滓が見えるというラズダ女王のエピソードから、僕は少しおもしろい試みを思いついた。魔力での身体強化はもう随分してきたけど、目を強化しようと考えたことはこれまで一度もなかった。

少し怖いがやってみよう。これまで幾度となく身体強化を施してきた感覚から言えば、さすがに失明はしないだろうと思う。

でもやっぱり怖いから、念のため、ごく僅かな魔力を右目に送ることから始めてみる。

僕は魔臓から少量の魔力を移動させた。この操作は体に染み付いていて、もう慣れたものだった。

魔力が右目に到達すると、目の奥の方に微(かす)かな温かさを感じた。しかし、何も変化は見られない。

魔法の残滓と言うくらいだし、魔法を使ってみることにする。書斎の中で雷魔法を放つわけにもいかないし、やるなら身体強化かな。

右手を魔力で強化してみるが、依然として何も変化は訪れなかった。やはり、そんなうまい話はないみたいだ。僕のクインタス撃退の話にすらいろいろと尾ひれがついているのだから、歴史上の人物の言い伝えなんて、話半分に聞くくらいがちょうどいいのだろう。

——ん?

待て、なんだこれ。

身体強化を施した右手周辺の空間が、僅かにぼやけて見えている。

何かが浮いているのか?

左手で触れようとしてみるが、なんの抵抗も感じられない。よく目を凝らせば、強化している右目のすぐ近くにもそれは浮かんでいた。

背中がぞわっとして、汗が吹き出すのがわかった。体の不調とかじゃない。僕は今、新たな可能性の扉を開こうとしている。そのことに興奮しているんだ。

右目に送る魔力を少しずつ増やしていく。目の奥がさっきよりも温かい。

そして、部屋の中の景色はゆっくりと、その姿を変えていった。

「綺麗だ……」

右目のすぐ近くには、黄と紫の二色が混ざり合ったオーロラのような霞がゆらゆらと揺れていた。左右の目で見えているものが違うせいで、目がチカチカする。僕は左目を閉じ、右目のみで身体強化をしている右手を見た。

拳を中心に、空気が黄色と紫色に発光していて、手から遠ざかるにつれて薄くなっている。右手から、同心球状に何かが放出されているのが見て取れた。

でも、目の近くも発光しているのはちょっと不便だな。綺麗だけど少し見にくい。色眼鏡をかけているみたいだ。

これは目を強化したときに漏れ出た魔法の残滓だと思う。眼球全体を強化するような感じじゃなくて、もっとピンポイントに強化すれば光は抑えられるかもしれない。

じんわりと温かい感じがする目の奥——眼球の裏側あたりだろうか——に、位置を微調整しながら魔力を送っていく。すると、目の前に見えていた光はほとんど気にならないくらいまで薄くなった。右手周りの発光は今も変わらず見ることができているから、目の魔力強化自体はうまくいっている。

しばらく試行錯誤をして発光の強弱の要因を調べてみたところ、強化する箇所の問題だとわかった。同じ魔力量でも強化する部位によって光の強さは異なる。たとえば手のひらの表面付近に魔力を送ると強く発光するが、手のひらと手の甲の中間付近だとほとんど発光が見られない。

つまり、この現象を生じさせている何かは体を透過しにくい性質を持っているのだ。試しに握り拳を強化して、反対の手でそれを包み込んでみると、周りの空気の発光は少し弱まった。やはりこの光は体を通り抜けにくいようだ。

一度、手の魔力強化を解除する。しかし、光はすぐに消えるのではなく、少しの間残ったままだった。

なるほど、これが魔法の残滓と呼ばれる所以か。ラズダ女王もこんなふうに光を見ていたのだろうか。時空を超えた壮大なロマンを目の当たりにしているようだった。

空中の光に夢中になっていて気づかなかったが、床や壁、さらには天井までもが蛍光塗料のような光を微かに放っていた。それらは空気の発光よりも長い時間残るようで、まだまだ光が消える様子はなかった。

僕は楽しくなって、部屋のあちこちを発光させることに躍起になった。ここまできたら、どうせなら部屋の隅々まで光らせてやろう。あそこの天井の角から攻めようか。

そんなふうに意味のないことに時間を費やしていると、不意に入口の扉が開き、エルサが顔を覗かせた。

「何してるの。そんなとこに突っ立って」

エルサには光は見えていないようだった。

部屋の中央に立ち、天井の角をじっと見つめている僕は、彼女の目にさぞかし奇妙に映ったことだろう。猫がときどき何もない空間を凝視するのは、人よりも可視域が広く、人が認識できない光が見えているからだという説があるが、今の僕はまさに猫だった。

「目が疲れたので休憩を少し」

「ふぅん？　休憩するなら座ればいいのに」

「はい」

口から咄嗟(とっさ)に出た言い訳だったが、集中が切れたのか、事実目の疲労を強く感じ始めた。ソファに腰を下ろし、目を閉じて指で目頭を揉(も)む。

「今日は何読んでたの？」

エルサは部屋の中央を進み、僕の座るソファの横を通り過ぎ、書斎机の前の椅子に座った。

僕はテーブルの上に開いたままだった本を手にとって、表紙をエルサに見せると、彼女はどうしてか苦い顔をした。

「あー、それね。本棚に押し込んでそのままにしてたの、忘れてたみたい」

「『ラズダ姫』。この版は初めて読みました。かなり古い本みたいですが……」

「その本は知り合いが置いていったの」

「その知り合いというのは、ひょっとしてネハナ人と関係があったりしませんか？」

当てずっぽうでそう聞くと、エルサは目を見開いた。

「なんで？」

エルサは急に真っ直ぐな視線を向けてくる。

「え？　それは、勘ですかね」

「勘？」

「ええと、ネハナの事情についてやけに詳しく書いてあったので、もしかしたら著者はネハナ人と関わりの深い人物だったのではと思ったのです。ですから、これを持っていたエルサさんの知り合いも同様にネハナの関係者なのではと推測したまでです」

「それだけの理由で？　ネハナ人なんて今生きてるかもわからないのに」

「だから勘ですよ。ちなみに、エルサさんはこの本を読んだことがありますか？」

読んだことがあるなら、僕がそう考える理由もわかるはずだ。謎に包まれたネハナの内情が記された資料はそれほど多くない。伝記といってもほとんど小説みたいなものだから、歴史書としてどれほどの信憑性や価値があるかは難しいところだけど、少なくとも魔法の残滓の記述に関しては、僕自身がその存在を確かめている。

「一度も読んだことがないわ」

「じゃあ一度――」

「今後読むつもりもないし」

ぴしゃりと言い切られ、鼻白む。

一冊の本を読む読まないの話だ。エルサがこれほど頑なに拒否するのを、僕は怪訝に思った。殺人の提案をしているわけでもないのに。

エルサは椅子を引いて、これ以上会話をするつもりはないとでも言うように、研究書を読み始めた。居心地の悪い沈黙が落ちる。部屋を出ていこうか迷ったが、キリのいいところまで読んでからにしようと思い、僕は結局書斎に居座ることにした。


両手を上げて伸びをすると、喉からくぐもった音が漏れた。日は傾き、窓から入る光が部屋を赤く染めている。

僕はソファから立ち上がり、本を棚に戻した。

「エルサさん」

書斎を出ていく前に、伝えておきたいことを思い出して、僕はエルサに呼びかけた。

「何？」

エルサは書類から目を離さずに応える。

「ワイズマン教授の研究室にこれからお世話になることになったので、一応報告しておきます」

「――そう」

エルサはこちらを見ようともしない。

興味など欠片もなさそうだった。息子が自分と同じ道を選ぶかもしれないというのに、気にならないのか、この人は。

「研究室であなたの大学時代の論文を読みました。『魔力の波動的特性とその同一性』。まだ途中までしか読めてませんが、応用が利きそうな内容ですよね。エルサさんが王立研究所でしている研究とも、少しは関係していますか？」

彼女の研究の話題を出せば無関心を装うことはできまいと、僕は尋ねた。エルサは手に持っていた資料を机に置き、立ち上がった。

「ロイ、そこに座りなさい」

エルサはソファを指差した。

言われた通りに僕はソファに座り、正面の椅子にエルサが座った。何を言われるのだろう。

エルサの反応が欲しくて探るようなことを言ってしまったが、少し行きすぎた発言だっただろうか。国家機密扱いのエルサの研究について尋ねるのは。

目の前のエルサは、まるで息子を叱る前の母のようだ。実際に僕の母親なわけだけど、いまだに親子という意識は持てないでいる。

「ロイはさ、どんな研究者になりたい？」

エルサは真面目な顔で僕に問いかけた。

研究について探るのはやめろとでも言われるのかと思っていたから、その柔らかな口調に戸惑う。

「どんな、ですか。正直、考えたことがありません。僕は興味があることを研究して、それが結果的に魔法学の歴史に深く刻まれるような理論や発見であったならば、これ以上ない喜びだと思います」

理想の研究者像など持っていたわけではなかったけど、今考えながら言葉にしてみれば、意外にも心にしっくりきた。

やりたいことだけやれればいいと思っていたけど、本当はそれだけじゃなかったみたいだ。魔法学が大きく変わるような、欲を言えば、世の中に変革をもたらすような、そんな研究がしたいと思っているのだと、自身の言葉に気づかされる。

「魔法学の歴史か……。きっと私の名前は刻まれるでしょうね」

エルサは気負うことなく言った。

彼女はそれほどの研究をしているということだ。でも、言葉とは裏腹に、彼女の顔はちっとも嬉しそうじゃない。

「名誉なことじゃないですか。国家プロジェクトの中心となって活躍できるなんて」

「そうね」

エルサはなんの感慨もなさそうに言った。

僕は、エルサの最初の問いを思い出す。——どんな研究者になりたいか。もしかしたら、エルサが自分自身に問いかけるための言葉だったのかもしれない。

「エルサさんは——思い描いていた研究者にはなれていないのですか？」

「私はね、自分の名誉なんてどうでもよかったわ。研究者として不当な扱いを受けた父の名誉を挽回したかった。それだけを考えてやってきたの。けれど、そのはずなのに、私自身が彼をさらに貶めるような道に進んでしまった。昔の私——ちょうど今のロイくらいの年齢だった私が今の自分を見たらきっと幻滅するでしょうね」

父の名誉を挽回するため、か。詳しい事情はわからないけど、他人のために研究をする気持ちにはまったく共感ができなかった。自分に還元されないことにモチベーションを持ち続けることは、きっと僕にはできない。父親だろうが所詮は他人だろう、と思う僕は薄情だろうか。

エルサは以前、子供の頃にアッシュレーゲン家に引き取られたと言っていたから、彼女には父親が二人いるはずだ。

彼女の言う父親とはどちらのことだろう。彼女は引き取られた先のアッシュレーゲン家に対してあまりいい印象を抱いていないそうだが……。

「父親というと、アッシュレーゲンに引き取られる前の……つまり、血のつながった方の父親のことでしょうか」

「ええ、そうね」

「とすると、僕からすれば実の祖父になるわけか。——その方は今は？」

「もういないわ」

やはりそうか、と僕は思った。

エルサが養子であったと聞いたときから予想はしていたし、実際に会ったこともないからすでに死んでいると知っても何も思わない。

「ねえロイ、ひとつだけお願いをしてもいいかしら」

エルサはどこか落ち着かない様子で言った。

エルサからお願いとは珍しいこともあるものだ。彼女の放任主義は度を越していて、僕にあれこれと注文をしてきたことなど、覚えている限りでは一度もない。

僕はエルサの雰囲気につられるように、居住まいを正した。

「なんでしょうか」

「この先ロイが、私や私の父のように研究者になるかはまだわからないけれど、もし同じ道を歩むのなら、あなたの研究が世にどれだけの影響を与えるか、考えることをやめないでほしいの」

「ええと、それは研究倫理の話ですか？」

「研究倫理というより、人としての道徳――私が道徳だなんて、自分で言っててておかしいわ。でも聞いて。あなたはアヴェイラムには優しすぎるの。けれど、きっと優しいだけじゃない。最近のロイを見ていると、とくにそう思うわ。あなたは、どんな方向へも進む可能性がある。だから、ロイ。進むべき道を間違えないで」

急に何を言い出すかと思えば、僕が優しい？　友人を見殺しにしかけた男に対して、節穴もいいところだった。それとも、エルサはそんな浅ましい僕を見透かしているからこそ、こうやって道徳を説こうとしているのだろうか。

進むべき道だとか可能性だとか言われても、まるでピンとこない。べつに悪虐非道のマッドサイエンティストになりたいわけでもないし。魔法学の研究をしていて倫理的に重大な選択を迫られる未来を今の僕には想像できなかった。

研究者どうこうの前に、人として正しい道を行けという話か？　母として子に道徳を説いているつもりなのだろうか。

「それは、研究者の先達としての教えですか？　それとも、まさか母親として？」

口から出た言葉は予想外に攻撃的な色を含んでいて、僕は自分で驚いた。

実の子をほったらかしにするエルサに対して、僕は不満など抱いていない。なぜなら、そもそも僕は彼女を母親として見ていないからだ。

じゃあ、どうして今、こんなに苛立つのか。

エルサの表情には、僅かに怯えが走ったようだった。彼女は喘ぐように口を開閉させるが、呼吸音が僅かに漏れるだけだった。やがて言葉を発することを諦めたのか、彼女は二人の間を隔てるテーブルへと視線を落とした。

僕は小さくため息を吐いて、エルサから視線を外した。窓が太陽の最後の輝きをこの部屋に届けていた。

「日も沈みますので、もう部屋に戻ります」

僕はソファから立ち上がり、入口へと向かった。

ドアノブに手をかけたとき、後ろでエルサがソファから立ち上がる音が耳に届き、僕は動きを止めた。

「あ、あなたの魔法の属性は雷でしょ？」

さっきまでの話題とは無関係に思える質問に、僕は虚をつかれ、思わず振り向いた。エルサは立ち上がっていた。彼女は僕と目が合いそうになると、顔ごとそっぽを向く。

「その通りですが」

「私も雷なの。ということは、あなたの魔法の才は、生物学上の母親である私から遺伝したものであることは明らかでしょ？　だから、魔法学の研究をするあなたに私が——は、母親として口出しするのは、筋が通っているの。逆にロイも息子として私の些細なお願いくらいは、聞き届ける義務があると言ってもいいんじゃないかしら」

エルサが上擦った声でペラペラと独自の理論を展開する。

相も変わらず、バツが悪そうに視線を彷徨わせながら話すエルサを見て、その子供っぽさに怒りよりも呆れが勝った。

都合が悪いときに理屈っぽく言い訳をしてしまう姿に既視感を覚え、ああ、その正体は自分自身だ、と気づく。屁理屈で言いくるめようとするエルサは僕にそっくりだった。血のつながりを見せつけられているようで気恥ずかしさを覚える。

これまで母親という役割を放棄してきた彼女のことだから、この不器用なコミュニケーションにいたるまでに、いろんな葛藤があったことは想像に難くなかった。彼女と仲のいい親子の関係を築きたいとは思わない。だけど、少しくらいはこちらから歩み寄ってもいいかもしれないと思った。

「――わかりましたよ。ご忠言、謹んで賜りましょう」

僕は照れ臭さを誤魔化すように、必要以上に恭しく、右手を胸に当てて言った。

わざとらしすぎて真剣味が伝わらなかったのか、エルサが不安そうに眉尻を下げたから、僕は右手を下ろして、もう一文だけ付け加えた。

「あなたの息子として、心に留めておきます」

エルサはゆっくりと口元を綻ばせ、優しげな視線をこちらへと寄越(よこ)した。初めて見るエルサの表情のせいで、今度は僕の方が顔を逸(そ)らす番だった。

落ち着かない空間から逃げるように、僕はドアを開けて廊下へと滑り出た。

第八章

OLD ENOUGH
TO LEARN MAGIC!

月一で行われる魔法の杖の授業を楽しみにしている生徒は多い。杖を使った魔法は法によって制限されているため、彼らにとって授業中が魔法を使うことのできる唯一の機会だ。その非日常感に気分が高揚してしまうのだろう。

杖を使わない魔法――いわゆる自然魔法を扱える僕は、彼らほどの興奮は覚えない。附属校生の頃から身体強化魔法は使えるし、クインタスの襲撃を機に杖なしで雷魔法を放てるようになったから、魔法に関して僕は他の生徒よりもはるかに自由だった。

だけど、僕にとってもこの授業は特別だ。杖魔法と違って自然魔法を使う場合は魔法使いの免許が必要ないといっても、ところ構わず雷魔法を放つわけにはいかない。なんの憂いもなしに魔法の練習ができるという意味で、貴重な時間だった。

一つ問題があるとすれば、教師の目である。この授業はあくまで杖の授業であり、杖を使わない魔法を練習する時間ではない。しかし、初回の授業で杖の扱い方を早々に習得した僕は、それ以降の授業でやることがなくなっていた。そんな折に杖なし魔法を覚えてしまったものだから、杖を使っているふりをして、こっそり手のひらから魔法を放つ遊びを始めてしまった僕を誰が責められようか。

最初の頃は杖なし魔法に慣れていなかったから、威力の調整がうまくできなかった。雷は他の属性と比べ、ただでさえ音で注目を集めるのに、授業で使われる練習用の杖の最大火力を明らかに上回る魔法が飛んでいれば、教師に気づかれないわけもなく、軽いお小言を頂戴することになった。

魔法教師のナッシュ先生は、最初の授業のときから僕をやたらと目の敵にして、僕が失敗するのを常に期待しているような男だった。なんでもナッシュ先生は、僕の母親のエルサと学園の同級生だったそうで、エルサとエルサの友人の二人が常に成績トップにいたせいで、彼は万年三位だったらしい。それが理由かはわからないが、エルサの息子である僕に対して少なからず思うところがあるのは彼の態度から明白だった。

加えて、僕が大人しく授業を受けないものだから、彼の監視の目はさらにきつくなっていったが、長身のペルシャを盾にしたり、ヴァンが注目を集めている間にナッシュ先生の目を盗んだりして、僕は自分のやりたいことを繰り返していた。ペルシャいわく、バレてないのではなく黙認されているだけなのでは、ということらしかったが真相はわからない。

迎賓館の事件以降、僕の魔法技術は大いに向上した。今僕が習得しようとしているのは魔法剣だ。クインタスが半透明の魔法の剣で戦っていたのが印象に残っている。あれは僕が無属性魔法と呼んでいるものと同じものだと思う。

僕は魔力を操作し、手のひらからぶよぶよした半透明のものを出現させた。無属性魔法は魔法の素（もと）のようなものだと思うけど、教科書にも僕がこれまで見てきた資料にも情報がなく、確かなことはわからない。今のところわかっているのは、無属性魔法は攻撃をある程度無効化するということだ。昔、博士と呼ばれる男と戦ったことがあったが、そのとき彼が杖から放った炎魔法を無属性魔法を纏（まと）わせた手で防御することができた。

これまで僕は無属性魔法を防御魔法の一種だと認識していたが、クインタスの使い方を見てハッとさせられた。彼は無属性魔法を鋭い刃物の形状にすることで強力な攻撃魔法へと昇華させていたのだ。

理屈はわかる。形状を変化させることは僕もある程度できるから、その延長線上にクインタスの技があるというのは理解できるが、実際にできるかと言われたら話が変わってくる。このぶよぶよは体から離れるほどコントロールが利かなくなるから、剣のような細長いものを形作るのは至難の業だ。それに加え、クインタスの魔法剣のようにワイズマン教授の腕を斬り飛ばすほどの鋭利さを実現するとなれば、気が遠くなるほどの修練が必要に思える。

だけど僕は思い知った。どうやら自分は危ない目に遭うのが得意らしいのだ。全然嬉(うれ)しくない特技だけど、これから先も無事に過ごしていくには、戦闘能力もそれなりに必要なんだ。

将来研究者になるから、研究さえできればいいと思っていた節があるけど、魔法の技術を磨いて僕自身が強くなることを真剣に考えてもいいのかもしれない。

無属性魔法を載せた右手を眺める。半透明の塊がぽよぽよと手のひらの上で躍っている。

迎賓館でクインタスの仲間のアリスとかいう女に雷魔法を放ったときのことを頭に浮かべながら、魔力が魔法に変わるときのくすぐったさに似た感触を手のひらで知覚する。このまま流れに任せてしまえば、あのときと同じように雷魔法が飛び出し、天井を黒焦げにしてしまうだろうから、ここで意識的に押しとどめる。そして、手のひらの上の無属性魔法に少しずつ滲(にじ)ませるように放出していく。すると無属性魔法の塊に雷属性が付与されていく。

一度杖なしでの雷魔法に成功してから、それまでどうしてできなかったのかわからないくらい簡単に属性魔法を作れるようになった。

左手の指を近づけるとパチッと鳴った。痛い。

今みたいな日常で起こる静電気程度のものから、クインタスの仲間を倒した威力のものまで、雷属性をどれだけの割合で付与するかも自由自在である。

これを応用すれば強力な雷を纏った魔法剣だって、理論上は可能だ。

魔法剣の練習をしていると、ナッシュ先生が訝しげに僕を睨んでいることに気づいた。無属性魔法は半透明だから見ることができる。さすがに目立つな。

よし、今日は他のことをしてみよう。ちょっとした実験だ。観察と言った方が正しいか。

先日、目に身体強化を施すことで魔法の残滓を見ることができるとわかった。あれから、ときどき気まぐれに目に魔力を送ってみるのだが、日常的に魔法を使う人がほとんどいないせいか、他人の魔法の残滓を見る機会はほとんど訪れない。稀に地面に残った消えかけの光を見たり、魔物や魔法植物が使った魔法の残滓を見るくらいが関の山だった。

だが、今日はどうだ。まさに絶好の機会じゃないか！

生徒たちは杖を壁に向け、各々が勝手に魔法の練習をしている。初期と比べ、みな自身の魔力量を感覚的に把握できるようになってきたから、ナッシュ先生は付きっきりで指導するのでなく、監督しているといった感じだ。僕にとっては好都合だった。

僕はさっそく右目を魔力で強化した。周りを見れば、生徒たちが杖を構えて立つ位置から、色とりどりの光の線が何本か、壁に向かって一直線に伸びているのが目に入った。

昼間なのにはっきりと光って見えるのは不思議だ。通常の目で見る可視光だったら、明るい場所でこれほどはっきりと見ることはできない。

ヴァンが杖を構えるのが見え、僕は視線を彼に固定した。彼の杖から魔法が放たれる。炎を纏った魔法が、彼の髪色に似た燻んだ赤色の尾を引きながら、壁に着弾した。さながら、彗星のようだった。

僕も自分の魔法の軌跡を見るために、杖から魔法を放った。透明な球体が直進し、空中に黄色の線を引いた。光は黄色一色だった。身体強化をしたときは黄色と紫の光が見えたが、何が違うのだろう。

周りを見てみると、すでにたくさんの魔法が通った跡が浮かんでいたが、そのどれもが単色で構成されていた。似たような色に見えても、よく見れば微妙に色合いが異なっていて、生徒一人一人が固有の色を持っているようだった。

だったら、僕が身体強化をしたときだけ黄と紫の二色の光が出てきたのはどうしてだろう。杖の仕組みが何かしら関係していて一色の魔力しか通さないのだろうか。

それを確かめるため、僕は杖を使わずに手のひらから雷魔法を放ってみた。しかし、黄色の光しか出てこない。ということは、杖のせいということでもないようだ。

属性と色に着目して、もう一度周りをよく見てみる。ヴァンの色は暗い赤色だが、もう少し明るめの赤は他にも何人かいて、彼らはヴァン同様に炎属性だった。他の属性を見ても、同じ属性の生徒は似たような色になっているのがわかった。属性と色には相関がありそうだ。珍しい雷属性を持つ僕の他に黄色の生徒が一人もいないことからも、それは確からしく思えた。

この仮説が正しいなら、雷属性が黄色ということになり、紫は身体強化特有のものなのではないかと推測できる……が、僕というたった一つのサンプルから結論を出すのは早計だ。身体強化ができる人間は限られるが、ちょうどいいところに優秀なサンプルがあったから、僕は頼んでみることにした。

壁に向かって杖を構えるヴァンに後ろから忍び寄る。すると彼は唐突に振り向いた。

「っと、いきなり振り向くのはやめてくれよ……。後ろに目でもついているのか？」

ヴァンに非難の目を向ける。

「いや、なんとなく気配を感じたんだよ。それで、何か用か？」

気配……？　野生動物か何かだろうか。

「ああ。ちょっと身体強化をしてみてくれ」

「べつに構わないけど——急だな？」

「早くしてくれ。一刻を争うんだ」

べつに急いでなどいないが、真面目な顔をして僕は言った。

「わ、わかったよ。——ほら」

ヴァンは困惑した様子を見せながらも、杖を持っていない方の手である左手を前に持ち上げた。

握りしめた拳から、属性魔法と同じ、燻んだ赤色の光が空気中に広がっていく。

あれ、おかしいな。黄色と紫の二色が出てきた僕の身体強化と違い、ヴァンは赤一色。どういうことだろう？　紫色が身体強化の色だと思っていたのに。

身体強化が例外なのではなく、僕の身体強化が例外なのか？

仮説と異なる結果となり、首を傾げる。

期待通りの結果が得られなかったことにがっかりするが、むしろこれはチャンスだと思い直す。研究開発において例外とは厄介極まりないものだが、同時に未知の解明にいたる重要な手がかりにもなり得る。決して軽んじることなく、注意深く評価すべきだ。

問題は、身体強化ができる人間が少ないため、サンプル数が十分に取れないことだろう。一応僕の家族はみんなできるけど、お願いできる関係性の相手がいない。ワイズマン研究室で聞いてみるのが一番てっとり早いかもしれない。


魔法杖の授業が終わり、昼休みになった。

授業後、しゃがみこんで魔法による地面への影響を調べていると、ペルシャが中立派の連中と付き合いがあるからと、僕を置いて先に行ってしまった。仕方なく僕は一人で食堂に向かった。

注文をするために列に並ぶと、周りがざわついた。僕はいつまでこんな、腫れ物に触るような扱いを受け続けるのだろう。並ぶのが億劫だ。

席について給仕に注文をするだけでよかった附属校時代が懐かしい。学園でも貴族席を導入したらどうだろうか。僕が生徒会長になった暁には――。

「珍しく一人じゃないか」

すぐ後ろから声が聞こえ、振り返るとヴァン・スペルビアと他二人の生徒がいた。僕は目線を上げてヴァンと目を合わせる。

「また貴様か。べつに、いつもペルシャといっしょにいるわけではない」

ヴァンの友人と思われる二人の生徒は、話に入ってくる様子はなかった。ヴァンの一歩後ろでこちらにチラチラと興味深げな視線を向けてくるのが、少し鬱陶しい。前までは怯えとか敵対心とか、負の感情が込められる視線に晒されることが多かったから、今の状況には戸惑ってしまう。

「いい意味で注目を集めるのは慣れてないみたいだな、英雄様？」

昔から僕はヴァンを英雄扱いして揶揄ってきたが、彼はそのことを根に持っているようだった。

「黙れ。というか、近いんだよ。もう少し離れてくれ」

すくすくと伸びた身長に比して、心はいつまでも小さい男である。

「列に並んでるんだからしょうがないだろ」

「貴様は背が伸びすぎなんだ。僕より目の位置が高い上に、その体格だと威圧感がすごいんだよ」

「ロイも背は高い方だろ？　それにチェントルムだって俺と同じくらいじゃないか」

「ペルシャはいつも隣にいるからいいんだよ。貴様みたいに正面に立ち塞がらないからな」

「『アヴェイラムの傍らにチェントルム』ってやつか。でも、いつかチェントルムがロイの前に立ち塞がるときが来るかもしれないぞ」

ヴァンは、貴族の間で昔から使われている慣用句を持ち出して、意味深に笑った。

アヴェイラムとチェントルムの友好は、遥か昔、この国がまだ現在のグラニカ王国に統一されていなかった時代からの、長い長い歴史がある。僕とペルシャの個人の思いなど関係なしに、僕たちは切っても切れない仲だ。いつか仲違いをしてペルシャが僕の前に立ち塞がることなど想像ができなかった。

「ペルシャに限ってそんなことはないだろう」

何を世迷言を、と僕は鼻で笑ったが、そのあと一人で食事をしている間も、どうしてかヴァンの言ったことが耳に残った。


学園の制服が冬用のものに替わるこの時期は、大きな行事などもなく、毎年時間がゆっくりと過ぎていくように思う。年末には精霊祭があるが、毎年街が本格的に盛り上がり始めるのはまだ先のことだ。

グラニカ王国において一年で最も大きなイベントは何かと聞かれれば、多くの国民は精霊祭と答えるだろう。冬至——つまり、一年で最も夜が長くなる日に、先祖が霊体になって帰ってくると言われており、生きている我々は彼らをお迎えするのである。

アルティーリア学園でも年末休みの直前、学園の行事として毎年精霊祭が開催される。その準備なども順に始まるから、生徒たちは街の雰囲気よりも一足先にそわそわとし始める——はずなのだが、今年はいまひとつ盛り上がり切れないといった様子だった。その理由はもちろん、正常化委員会による抑圧のせいである。

僕は第二回の会議を行うため、『境界の演劇団』のメンバーを旧音楽室に集めた。放課後になり、ペルシャといっしょに旧音楽室に足を踏み入れると、部屋の中が様変わりしていた。ソファやクローゼットなどの大型家具、防寒用のブランケット、裁縫道具などが取り揃えられていて、一週間前の寂しさが嘘のようだった。ソファにはエベレストとエリィが座っていて、マッシュはまたピアノを弾いている。部屋を間違えたわけではなさそうだった。

「いったい……何があったんだ?」

ソファに座る二人に尋ねるが、彼女らはポカンとした顔で顔を見合わせた。

「いやいや、部屋が居間のようになってるじゃないか」

僕がそう言うと、二人はようやく得心がいったようだった。

「演劇クラブを始めることをお手紙に書いたら、パパが送ってくれましたのよ」

エベレストがなんでもないことのように言った。

「いいお父さんだな」

「当然ですわ」

また今度、贈り物でもしておこう。

僕とペルシャは二人が座っているのとは別の三人掛けのソファに腰を下ろした。

「ブランケットいる？」

「いる」

エリィが聞いてくる。

お言葉に甘えてブランケットを受け取り、ペルシャと半分ずつ使う。

旧音楽室のある棟は隙間が多いのか、より寒さを感じる。エリィたちはえんじ色のポンチョを制服の上に着ていて暖かそうだ。

「そのポンチョ、流行(はや)ってるのか？　うちのクラスでも着てる女子を見るが」

「あ、気づいた？　どう？　かわいいでしょ」

エリィの機嫌が急によくなった。

「エリィさんがデザインしましたのよ」

エベレストが誇らしげに言った。

座っている二人を見た印象では、学園の制服に合っていて、異物感はない。しかし、本当に良いものかどうかは、全身を見なければわからない。パッと見いい感じに見えても、立ったときのシルエットが微妙といったことが安物にはよくあるのだ。

「立ち上がってくれないか？　座ったままだと、かわいいか否か判断できない」

「アヴェイラム君、よくわかってるじゃん！」

エリィがエベレストの手を引っ張り、二人は立ち上がった。

エリィが腰に手を当てて仁王立ちするのに対して、エベレストはポーズを取ったり、ときにくるりと一回転してみせたりと対照的だ。

「どう？」

エリィが期待の眼差しで僕とペルシャを交互に見た。

「伝統的な学校指定のローブに敬意を払いつつも、すっきりとしたラインを用い、現代的に再解釈している。十点満点中、九点」

「十二歳から十八歳までの幅広い年齢層が通う学園において、すべての生徒に似合う服など存在しないと思っておりました。――そのポンチョを見るまでは。十点満点中、十点を差し上げましょう」

僕もペルシャも肯定的に論評した。

エリィとエベレストは「いえーい」と言って、ハイタッチをしている。

そのとき、扉が開いてヴァンが部屋に入ってきた。エリィはヴァンにもポンチョを自慢した。

ヴァンはそれよりも部屋の変わりように驚いているようだった。

全員揃ったことだし、さっそく始めよう。

「今日集まってもらったのは、『境界の演劇団』がこれからどういう活動をしていくのか、具体的に決める……と思ったんだけど、エベレストたちは先に活動を始めてるみたいだな」

「そうですわね。エリィさんが服を作り、マッシュが作曲をしてますわ」

「そしてルカちゃんは優雅に座ってるだけ」

「そんなことありませんわよ。これのモデルはわたくしでしょう？」

エベレストはテーブルの上の紙を一枚手に取った。紙には衣装のデザインが描かれている。簡素な絵だが、描かれている人物はたしかにエベレストに似ている気がした。後ろにリボンがついたえんじ色のベレー帽を被り、黒いマントを左肩だけで羽織るように着ている。

「だってルカちゃんも着るものだし」

エリィが認めると、エベレストは満足気に頷いた。

「衣装作りを始めているってことは、精霊祭でやる劇の題材はもう決まってるわけか」

彼女らの行動力に感心する。

「え、決まってないよ？　これはクラブの制服のデザイン。チェントルム君に頼まれたんだけど……」

エリィが不思議そうに言った。

リーダーの僕の知らないところでどんどん話が進んでるな。お飾りのリーダーになりそうだ。

「ロイ様には伝えていませんでしたね」

ペルシャが悪びれずに言った。

最近この男は怪しいんだよな。この前も昼休みに中立派の連中とつるんでたし。どうせまた、僕を神格化するための工作でもしているんだろう。最近、周りからさらに怖がられているような気がする。英雄というより教祖か何かだと勘違いされてるみたいだった。こういうときはたいてい、裏でペルシャが僕を持ち上げているんだ。附属校の頃もそうだったからわかる。

「次からは気をつけてくれ」

「承知いたしました」

ほんとに承知したのか怪しいけど、僕が全部決めるのも面倒だし、まあいいか。ワイズマン研究室での研究も始めていて、最近の僕は結構忙しい。

「それじゃあ、今日は精霊祭に向けていろいろ決めていこうか」

「そうですね。正常化委員会への反対を唱えるためには、まず『境界の演劇団』としての知名度を上げなければなりません」

「精霊祭で演劇をやるとこれから宣伝していけば多少注目は集まるだろう」

「先になんの劇やるのか決めてよ。じゃないとボク曲作れないよ？」

マッシュがピアノを止めた。彼はあれで意外と話を聞いているみたいだ。

「それもそうか。エベレストは何かやりたい題材があるのか？」

「できればオリジナルがいいですわ。その方が自由に衣装を作れますし」

エベレストとエリィは二人でブランドを立ち上げることを目指している。彼女らが演劇をやりたい理由の大部分は、自分たちで作った衣装を披露したいという思いからだ。

「オリジナルか。脚本をどうするかがネックになりそうだな」

「そうですわね……」

「ペルシャなら書けたりしないか？」

「私ですか？　書いたことがないので、完全にオリジナルのものは難しいと思います」

「うーん。じゃあ既存のものを現代風にアレンジするとか」

「現代風に……。では、たとえばスタロヴォイトワの『海岸通り』に『魔人は崇高な人間に支配されるべきか、もしくは滅ぶべきか』というテーマを組み込んで――」

「待て待て。組み込むテーマが物騒すぎる」

「そうですか？　これも反魔思想の一つですよ」

そもそも僕は反魔運動をしたいのかクインタスさえいなくなればいいのか、どちらなのだろう。この前、『ラズダ書房』の店主に指摘されたときは反論してしまったけど、個人への怒りを集団全体に適用するのは論理的に考えると正しいとは言えない。

「そうかもしれないが、精霊祭でやるには不適切だ。学園の許可がそもそも下りないだろう」

「それもそうですね。では、世間を騒がせる悪を成敗する話などはどうでしょう?」

「あ、それいい！　正義と悪の両方でかっこいい衣装作れそう！」

エリィが賛成を示した。

「ふむ……ありだな。正義の主役はとりあえずヴァンにやらせておけばいいし」

「俺かよ。ロイがやればいいだろ?　知ってるか?　最近のロイの人気すごいんだぞ」

「僕が大人気なのはもちろん知っている。だが僕は、残念ながら主人公顔ではないんだ」

「ロイさまってどっちかっていうと悪役っぽいよね」

マッシュは正直者だ。

「食堂で並んでいると僕の前後だけ謎の空間が生まれるからな」

僕の悪役っぷりを語ってやると、ヴァンが吹き出した。

「アヴェイラム君はもっと笑えばいいんだよ。話してみたいのに怖くて近寄れないって、あたしの友だちも言ってるよ」

エリィが言った。

「いえいえ、ロイ様はこのままでよいのです。ただの生徒が気安く近づけるような存在ではありませんので」

そうだった。僕が半ば恐れられているのはペルシャのせいでもあった。

彼は僕をすごいやつだとみんなに印象付けたいらしく、やたらと僕を他の生徒から遠ざけようとするのだ。現状を見れば、彼のブランディング戦略は見事に成功していると言える。

「と、いうわけだから、僕は主役をやらない。それに今は研究で忙しいから精霊祭まで時間があまり取れないしな」

「では悪役は私がやりましょう」

ペルシャが立候補した。意外だ。

「いいと思う。チェントルム君はアヴェイラム君ほど怖がられてないし、ちょうどいいよ」

エリィが頷いた。

「ではわたくしは、ヒロインに立候補しますわ」

「ルカちゃんはヒロインでもいいけど、悪の幹部が似合いそう」

エリィがエベレストをキラキラの瞳で見る。

「どうしてわたくしが悪の幹部なの」

「だってルカちゃんかわいいしスタイルいいし舞台映えするじゃん。あ、なんかいいアイデア浮かんできそう！」

エリィが新しい紙にものすごい勢いで絵を描き始めた。

「あ、当たり前よ」

エリィに褒められたエベレストは当然というように胸を張って——いや、よく見ると口角がピクピクと嬉しそうに震えている。

マッシュは不穏な感じの曲を弾き始めた。これは悪と対峙する場面だろうか？

そのとき、ドアが勢いよく開けられ、三人の生徒が入ってきた。正常化委員たちだ。

「おー、一年ども。ちゃんとお稽古してるか？」

先頭に立って入ってきた男――アダム・グレイが小馬鹿にした態度で言った。彼はシャアレ寮の寮長をしていて、三人の中では唯一関わりのある先輩だ。アヴェイラム派ではあるが、残念ながら校長のシンパで、良い関係は築けていない。

「今ちょうど劇の題材を決めていたところです。正常化委員会のみなさんは、揃いも揃ってどうしてここに？」

髪を二つ結びにした女子生徒がアダムの前に進み出た。

「クラブが適切に運営されているか、抜き打ちで調査しにきたのよ」

彼女は生徒会長と正常化委員長を兼任している。見るからに真面目そうだ。魔法も勉強も学年でトップクラスだという。

「クラブができてまだまもないのに、いきなり抜き打ちですか」

「今話題の一年が演劇をやるっていうんだから、気になっちゃうだろ？『境界の演劇団』。意外だよなあ。演劇が好きそうには見えないんだよなあ」

アダムが目を細めて僕を見た。ここがただの演劇クラブだとかけらも思っていないみたいだ。

「部屋の中を見させてもらいます」

生徒会長が言った。

それからアダムと生徒会長は部屋の中を物色し始めた。もう一人の委員は僕らを威圧するようにソファの近くに立っている。彼はニビ寮の寮長だ。一般科の多いニビ寮生らしい粗野な感じで僕たちを見下ろしてくる。

彼はポケットから緑色の丸いものを取り出した。懺悔玉(ざんげだま)だ。彼はそれを上に放り投げてはキャッチし、何かあればすぐにでも投げてやるとでも言いたげに脅してくる。

アダムと生徒会長は部屋を一通り見て回ると、僕らの前に戻ってきた。

「調査はこれにて終了です」

生徒会長が言った。

「えー、あたしたち無駄に疑われただけじゃん」

エリィが不満をこぼした。

「最初に言った通り、これは調査です。決してあなたたちを疑ったわけではないわ」

「あら、では他のクラブにも平等に調査していますの？」

エベレストがエリィに加勢する。

「抜き打ちと言ったでしょう？　必要があればどのクラブにも平等に行います」

「都合のいい抜き打ちですこと」

おお。悪の幹部っぽい。

生徒会長とエベレストが睨み合っている。

「そのポンチョも学園は許可してないわ。生徒は学園指定のローブを着るべきです」

「本当はあなたも着たいのでしょう？　プライドが邪魔をして流行りに乗れないなんて、おかわいそう」

「わ、私は規則を守っているだけよ」

「そんな規則はありませんわ。学園指定のローブは推奨されているだけですのよ」

女子同士の言い合いに誰も口が挟めない。あの厭味ったらしいアダムでさえ、口を噤んでいる。

緊張感が増していくにつれ、マッシュの弾く曲も盛り上がっている。ニビ寮の寮長は天井スレスレの高さまで懺悔玉を放っている。

「推奨されているものを着るべきです！　あなたのような生徒がいるから――」

「あ」

パシッと勢いよく懺悔玉を摑んだ彼から声が漏れた。全員が彼に注目した。生徒会長も話すのを止めたし、マッシュも演奏を止めている。

すると、彼の肌がみるみるうちに緑色に変わり、すぐに真っ青になった。

「お前また！っとに学ばねぇやつだなお前は！　懺悔玉で遊ぶなって言ったろ！」

「悪い。雰囲気につられた」

「さっさとナッシュ先生に治してもらってこい！――ったく、これだからニビ寮のやつは」

肌が真っ青になったニビ寮の寮長が部屋を出ていった。それと同時にマッシュが喜劇風の曲を弾き始めた。

「今のところ、『境界の演劇団』に問題は見られないようです。これからも問題を起こさないように。私たちはこれで失礼するわ」

そして、生徒会長とアダムも部屋から出ていった。

「やはり、懺悔モードにはなりたくないな」

「ええ。本当に恐ろしいですわ」

僕たちは神妙に頷き合った。

第九章

OLD ENOUGH TO LEARN MAGIC!

「そういうわけで、息が詰まって仕方がない」

正式にワイズマン研究室に配属された僕は、論文読みの休憩がてら、談話室で何人かの研究生たちと交流をはかっている。

学園生活の愚痴を聞かせると、研究生の一人、フランチェスカが表情に憐れみを滲ませた。

「それはまた、めんどくさいことになってるね……。でもその、ナッシュ先生だっけ？　厳しいけどいい先生っぽいじゃん。放課後に自分の時間を削ってまで特別授業なんて、なかなかできないよ」

「そう、なんですかね」

「そうだよ。私も教授の代理で学部生相手に講義を受け持つことあるけど、ひとコマやるだけでもほんと大変なんだから。私は教授が用意してくれた資料を借りて教えてるだけなんだけど、もし自分で講義計画とか考えるなんてことになったら、自分の研究をする暇なんてなくなっちゃう」

フランチェスカの実感のこもった言葉に、そういう視点もあるのか、と気づかされる。

「いい先生か。ですが、やはりどうしても僕に対しての態度が目についてしまうので」

「まあ、ロイ君に対してはちょっと例外なのかもね。教師だって人間だから好き嫌いはあるってことだよ」

「僕が嫌われていることは確定なんですね」

「ロイ君の話を聞く限りね。――それで、興味ありそうな研究テーマは見つかった？」

フランチェスカが話題を変えた。

「気になる論文はいくつかありましたよ」

「よかった。いい傾向だね！　なんてタイトル？」

「『渡り花の進化における再帰性』」

「あー、結構ニッチなところ攻めてきたね」

「そうですか？」

「うん。だって若い子って、わかりやすくすごい研究に惹(ひ)かれるじゃない？」

若い子とは言うが、フランチェスカ自身、学部生とそれほどの歳(とし)の違いもないだろうに。

「そうですね。流行(はや)りの研究テーマなんかは僕もおもしろいと思います」

「でしょ？　卒論レベルだと流行りからテーマを選ぶ子が多いから、うちのラボでも毎年何本かは似たようなのが上がってくるんだよ。今年だったらたとえば――『魔力バッテリーの効率化』だけで三人もいるし」

魔力バッテリー。魔力を蓄えておくための装置のことだ。人工魔臓ともいう。

動植物が持つ魔臓と呼ばれる臓器は魔力を蓄える機能を持つ。それを人工的に作り出し、大容量化を目指す動きが近年盛んになっている。一家に一台大容量のバッテリーがあったらそれは嬉(うれ)しいが、現状、人工魔臓の容量は自然界における魔臓に遠く及ばず、実用化は当分先になりそうである。

「流行は避けろという話ですか？」

「あー、違うの。流行りに乗るのはむしろいいことなんだよ。最初にやる研究としてはなおさらね。でもロイ君みたいにやりたいことが自分でちゃんとわかってる子は、やりたいように突き進むのがいいと思う。流行りをやるより大変だけどね」

フランチェスカに言われるまでもなく、僕は自分のしたい研究しかするつもりはなかった。一般的な学生の傾向など、僕にとってどうでもいい話だ。ここ数年、エルサの書斎で研究書に読み耽るふけ毎日を過ごし、下地を作ってきた。そして今、自らの意志でこの研究室に来ている。卒業に必要だからと、大学に言われるままに研究を始めるような怠惰な者たちといっしょくたに語られるのは心外だった。

「もとより、そのつもりです」

そう言うと、フランチェスカが苦笑いをした。

他の学生などどうでもいいという、僕の心の内を察したのかもしれない。性格の悪い生意気なガキの自覚はある。

「あ、そうそう。『渡り花』だけど、研究のために採ってきたものが繁殖しちゃって、今も研究室棟の裏庭にあるよ。もう冬だから花は咲いてないけど、綿毛ならまだ残ってるかも」

フランチェスカに『渡り花』の生えている場所を教えてもらい、研究室棟を出た。

太陽の位置は南中を過ぎたくらいだったが、コートを羽織ってこなかったことを少し後悔するくらいには肌寒い。少し逡巡しゅんじゅんしたのち、わざわざ引き返すほどでもないと思い直し、目的地に向かって歩み始めた。

歩いているときは、ただじっと考え事をしているときよりも、どういうわけか思考がクリアになる。『渡り花』の論文を読みながら考えていたアイデアが、次第にくっきりと形を持ち始め、僕のしたい研究の全体像が組み上がっていく。

僕が興味を引かれた、『渡り花の進化における再帰性』という論文は、それ単体では一つの植物に関する発見を論述しただけのものであるが、うまく応用することができればその価値は計り知れないと僕は睨んでいる。

渡り花の特殊性は、論文の題名が示す通り、その進化の過程にあるという。

通常、進化とは一方通行だ。親が子を産み、突然変異によって子に新しい能力が備わったとして、その能力は親には還元されない。しかし、その常識は渡り花には当てはまらないらしいのだ。『渡り花』の不思議な生態については、それを題材にして絵本が作られているほどだ。


あるところに一本の渡り花が咲いていた。

生命力に満ち溢れた時期が過ぎると、彼女は綿毛の子供たちを作る。やがて子供たちは風に飛ばされ、運ばれた先の大地にたくましく根を張った。

子供たちがすくすくと育ち、体も大きくなった。しかし、彼らが青々と葉をつける頃、その土地に住む悪い虫たちがやってきて子供らをむしゃむしゃと食べ始めてしまった。動くことのできない彼らは、葉っぱにたくさんの穴を開けられ、一本、また一本と死んでいった。

全員が死んでしまう前に、と彼らは必死に綿毛を作り、次の世代へ命をつないだ。しかし、その命すら、大きくなればまた食べられてしまう。そんな闇の中をさまようような繰り返しの中、ある日、新しく生まれた命の中から、一本の不思議な力を持つものが誕生した。

特別な彼女はすくすくと育ち、大きくなった。どうせまた食べられてしまうのだと、誰もが諦めかけていたが、どういうわけか彼女の葉っぱには、いっこうに悪い虫が寄ってこない。不思議に思った彼らだったが、一匹のおバカな虫が彼女の葉っぱを齧ったとき、その理由がわかった。おバカなその虫は苦しそうに足をばたばたさせ、ころっと死んでしまったのだ。そう、彼女の葉っぱには、虫を追っぱらうための毒が備わっていたのである。

そうして彼女は、健康なまま、白く美しい花を咲かせた。彼女はやがて綿毛を作り、綿毛は風に飛ばされ、運ばれた先の大地にたくましく根を張った。その子供たちは、彼女が持って生まれた毒という武器を、全員が生まれながらに持っていた。

悪い虫たちは、もう彼らに手出しすることはできない。彼らは平和を手に入れたのである――が、話はそこで終わらない。悪い虫たちは考えた。特別な彼女とその子孫たちにはもう手出しができないけど、それ以外の弱いままのやつらは今まで通り食べ放題じゃないか、と。

しかし、彼らはすぐに異変に気づく。ふと周りを見渡せば、毒を持たないものなど、もういくらもいなかったのである。

さて、いったい何が起きたのだろうか。その答えは、遺伝情報の逆流である。

通常の動植物の場合、毒を持った個体が誕生し、毒が環境を生き抜くのに有利だとわかると、その機能は子孫たちに受け継がれていくことになる。一方で、毒を獲得したその個体の親は、毒の有効性を知らないままだ。

しかし、渡り花の場合、遺伝情報は先祖の方向にも伝播（でんぱ）していく。毒の有効性という情報は世代を遡り、親へ、さらにその親へと順に伝わっていくのである。そうして情報は種族全体が共有し、次の季節には毒を持った個体で溢れるようになるのだ。

では、渡り花はどうやって遺伝情報を先祖へと逆流させているか。残念なことにその答えは論文に書かれていなかった。

論文の著者は様々なシナリオを想定し、卒論にしては十分すぎるほどの実験を行っていた。素人でもすぐに思いつくような花粉媒介説はもちろんのこと、根、茎、葉、花弁などから成分を抽出したり、花の周りを飛ぶ虫を使ったりと、辛抱強く様々な実験を繰り返していた。しかし、情報を媒介するものが何かを解明するまでにはいたらなかったようだ。終（しま）いには、「花の妖精の仕業に違いない」などと投げやりに締めくくっていたが、時間と労力をかけたプロジェクトの成果が出ないことがどれほどやりきれないものであるか、想像に難くなかった。

裏庭は建物が壁になっているおかげか、風がほとんどなく、コートなしでも耐えられそうだった。渡り花はすぐに見つかった。茶色の土や緑の雑草の中に、白い綿毛が目立っていたからだ。

渡り花が密生する箇所を見つけ、僕はその近くにしゃがみこんだ。

実のところ、僕は論文の著者が言う『花の妖精』に心当たりがあった。仮説にも満たない、ただの当てずっぽうでしかなかったが、ここに来て僕の推測は間違っていなかったと確信する。

渡り花の一つを、指で軽くつついてみる。魔力で強化された僕の目には、薄桃色に子房を光らせた渡り花が、光の糸でつながっている光景が見えていた――。

僕は立ち上がり、渡り花が作り出す光のネットワークを広く見渡す。

この光の糸が情報をやりとりするための通信路であることは確からしい。光は常時つながっているわけではなく、断続的だ。通信の必要があるときだけつながるということだろうか。時折吹く強風に反応して光って見える。

葉っぱを一枚、強く摘（つ）まんでみる。すると、その個体の子房が一度強く光り、少しして、それに呼応するように周りの何本かの花が光った。僕が摘まんでいる個体を中心に、光のネットワークができている。

なるほど、光の情報網は外からの刺激に反応して形成されるらしい。

僕は庭中の渡り花の葉っぱを摘まんで回った。観察の結果、様々な仮説が生まれた。

情報を送る個体がソナーのようなものを放ち、ソナーを受け取った個体が応じることで、接続が完了する。相性があるらしく、すべての個体とコミュニケーションが取れるわけではないようだ。

概ね、距離の近い個体同士がつながるが、離れた位置にある個体同士でもつながることがあった。

単純な距離の問題ではないらしい。ひとつ考えられるのは、血縁の近さによるものではないだろうか。


母とは話が通じる。祖母だとちょっと通じにくい。曽祖母までいくともう無理、というような感じだと思う。実際、光の糸を一本一本たどっていくと、二十本ほど隔てた個体の光は、最初の個体の薄桃色の光よりも僅かに赤みが強い気がする。

光の色が近い個体同士でなければ通信ができないのだ。逆に言えば、同じ色の光を放つ個体同士ならば通信ができるということだ。


渡り花の庭から研究室の談話スペースに戻ると、フランチェスカはまだソファで休憩をしていた。

「花は見つかった？」

「はい」

「シャベルとか鉢植えとか、探せばどこかにあると思うけど」

「大丈夫です。見ることが目的だったので。それより、魔力バッテリーを見せてもらいたいのですが」

フランチェスカが怪訝そうに目を細めた。ついさっき、安易に魔力バッテリーなどという流行りものを研究テーマに据えるものは馬鹿だ――とまでは言っていないが、そうともとれる態度を取った僕の真意を測りかねているのだろう。

「もちろん構わないよ。ロイ君もこのラボの一員なんだから」

研究室を出て、フランチェスカとともに実験室を訪れた。

ワイズマン研究室は、正式名称を『物性魔工学研究室』という。

物性魔工学は魔法の特性を工業に応用しようとする学問であり、魔法学の分野の中ではかなり応用寄りに位置している。

魔法研や魔力研など、ガチガチに基礎研究をしている研究室とは違い、応用的な分野は目に見えて成果が出やすく、一般の人にも比較的理解されやすい。件の魔力バッテリーなんかも、大容量化技術が確立されれば軍事利用はもちろんのこと、いずれ市井にも出回り始め、生活のいろいろな場面で利用されるようになるだろう。

実験室をぐるりと見回すと、多くの不思議道具がテーブルや棚に置かれていた。ワイズマン教授自身は自然界の魔法的な事象を人工的に再現することに重きを置いていて、不思議な力を持つ石や液体などの無生物から、魔物や魔法植物の体の一部まで、魔法が関わる自然物ならなんでも集めてくるような人だ。

初めてワイズマン研究室を訪れたとき、周囲の音を再現するフォネテシルトという魔物の甲羅を見せてもらったが、あれも教授自身がわざわざ遠出して集めてきたものだという。そういう意味では、あの渡り花の卒論は教授好みの研究ではあったのだろう。

「一応、これが今うちで一番容量の大きい魔力バッテリーね。卒論生たちの基本的な方針としては、これを改良して効率化を目指す、って感じだよ」

彼女は棚に手を伸ばし、手のひらに辛うじて乗るサイズのキューブをひとつ持った。金属でできたキューブの側面には木の棒が二本取り付けられている。

「ひとつお借りしても？」

「いいよ。いっぱいあるからね。詳しい仕組みは論文に――」

「もう読みました」

「あ、うん。じゃあ問題ないね」

僕はフランチェスカからバッテリーを受け取る。

「わかりました。ありがとうございます」

「頑張ってね」

フランチェスカは僕の肩をポンと叩(たた)いて、実験室の奥の方へと歩いていった。

さて、とりあえずバッテリーに僕の魔力を注ぎ込もう。

僕はバッテリーを作業台に載せ、スツールに腰掛けた。キューブの側面から飛び出している木の棒の片方——端子を握り込む。二本の端子は入力と出力で、魔力伝導率の高い魔樹（まじゅ）の動脈を加工したものである。

杖（つえ）を使うときの要領で、僕は端子に魔力を送る。

現状の魔力バッテリーの致命的な欠点は、蓄えられる魔力容量の少なさなどよりも、むしろこの作業の方なのかもしれない。空（から）になるたびに自分の魔力を入れ直さないといけないのはかなり不便だ。

魔力が人によって性質が異なることも、普及の大きな障害となるだろう。なぜなら、バッテリーは複数人の魔力を蓄えることができないからだ。たとえば、まず僕がバッテリーに半分だけ魔力を注ぎ、そのあとにペルシャに注ぎ足してもらうと、僕の魔力はバッテリーから抜けていってしまう。この現象は、魔力に魔紋（まもん）と呼ばれる各人固有の模様のようなものがあることに起因する。

バッテリーを構成する素子に僕の魔力が流れると、それらは僕特有の魔紋（まもん）にしたがって向きを変え、整列する。この状態で僕が魔力の注入を止（や）めると、素子は向きを反転させ、魔力が流れ出ていくのを妨げる。これが基本的なバッテリーの仕組みだ。その状態のバッテリーにペルシャの魔力が注ぎ込まれると、僕の魔力の形に整列していた素子たちはペルシャの魔力によって向きを変えられ、溜（た）まっていた僕の魔力は流れ出ていってしまうのである。

——っと、このくらいでいいだろう。

僕は、魔力を送るのを止め、端子から手を離した。目を魔力で強化し、バッテリーを見る。黄色と紫の二色の光がキューブの周りに漂っていた。魔法の残滓だ。この光は魔力が消費されたときに発生する。つまり、もし僕が注ぎ込んだ魔力が少しのロスもなくバッテリーに蓄えられるなら、光は見られないはずだった。つまり、どこかで無駄に消費されているということだ。ロスをゼロにするのは現実的ではないが、今見えている光の強さからして、かなりの無駄があるのではないかと思う。まだまだ効率化の余地は大きそうだ。まあ、僕は魔力バッテリーについて研究するつもりなどないから、そこらへんの改良はいつか誰かが頑張ってくれるのを期待したい。

一度立ち上がり、実験室の棚を見て回り、僕は適当な魔法具を選んで作業台に戻った。杖の先端に球がついている魔法具だ。これは附属校で行われた魔力検査のときに使われていたものと同じものだ。これに魔力を通すと先端の球が熱を発するため、容器に入れた水などを使ってその熱量を測れば、生徒が十分な魔力量を持っているか測定できる。

魔法具を魔力バッテリーの出力端子側に取り付ける。指で先端に触れると、少しずつ熱を持ち始めているのがわかった。魔力で強化した目には、先端から黄色と紫の光が発せられているのが見えている。魔力バッテリーから魔法具へと魔力が流れ込み、先端で熱に変わる際に魔力が消費されているのが確認できた。

作業台を離れ、右手の人差し指の先を魔力で強化した。すると、指の先とバッテリーにつながれた魔法具の先端が黄色と紫の光の糸で結ばれた。それはまさに、さきほど裏庭で見た光景そのものである。

やはり僕の予想は正しかった。同じ色同士の光はお互いに引かれ合い、光の糸で結ばれる。それは渡り花に限った現象ではないんだ。

僕が実験室内を移動してみても、指の先と魔法具の先端は光の糸でつながったままだ。

もっと離れても大丈夫そうだな。

僕は指の先に魔力を送り続けながら実験室を出た。階段を上り、研究室まで戻る。談話スペースのソファに座っても指の先からの光は途切れず、床に向かって伸びていた。実験室のある方向だ。距離の限界はわからないが、遮蔽物が間にある中でこれだけ届けば悪くない。上々の結果に、僕はしばらく口角が上がるのを抑えられなかった。

少しして突然光の糸が消えた。バッテリーの魔力が尽きたのだろう。

実験室に戻ると、フランチェスカが僕の取り付けた魔法具を勝手にバッテリーから取り外していて、僕の方を振り返った。彼女に取り外した理由を問い詰めようとして、はたと気づく。熱を帯びる魔法具を放置したままこの場を離れたのは、非常にまずかったのでは?

その程度のことにも気を回せないほど夢中になっていたようだ。それからフランチェスカに研究者の心得をこんこんと説教され、過失を自覚する僕は真剣に彼女の言葉に耳を傾けるしかなかった。

第十章

OLD ENOUGH
TO LEARN MAGIC!

昼休み、僕は隣のクラスに足を運んだ。

目的の人物は教室の一番後ろの席にいて、巾着袋を大事そうに左手で握っている。彼に体の大きな男子生徒が話しかけていて、またいじめかと一瞬思ったが、男子生徒の顔を見ればそうじゃないことはすぐにわかった。

あの生徒、見たことある顔だ。内部進学組か？

附属校の頃の記憶をたどればすぐに思い出す。あれはジェラール・ヴィンデミアだ。附属校三年生の頃、生徒会選挙に僕とヴァンの他に平民代表として出馬していた男。体格はだいぶ変わってるし、なんかあの頃より覇気のない顔をしているが、間違いない。

教室に入ると、空気が変わるのがわかった。視線が僕に集まっている。本当にすごいな。どれだけ人気者なんだ、僕は。

「ルビィ・リビィ。話があるのだが、今大丈夫か？」

ジェラールが話しかけていた小柄な少年——ルビィに近づいて話しかけると、彼は顔を上げ、僕を見た。

ルビィとは僕が附属校の生徒会長になった頃からの知り合いだ。彼が頭のおかしい男に誘拐されたとき、僕とヴァンと、そして僕の母が間一髪のところで彼を救い出したという経緯がある。

「ロイ君。どうしたの？」

相変わらず彼の表情は人形のように動かないが、僕は彼がしっかりと自分を持っている人間だと知っている。

ルビィはいつも巾着袋を肌身離さず持っている。彼は以前、袋の秘密を僕に教えてくれた。あの中にはルビィが母親に買ってもらった鉄ペンが入っている。彼はそれを使って物語を書くのが好きだと言った。

でもこれは、彼が僕にだけ教えてくれたことだ。

僕はルビィの耳に口を近づけ、小声で囁(ささや)いた。

「君に脚本を書いてもらいたいんだ」

顔を離すと、ルビィの瞳が揺れているのがわかった。

「――いいよ」

一呼吸のあと、返答があった。

まだ内容を何も伝えていないのに、頼もしい限りだ。

「ルビィ・リビィ。君はいいやつだな」

「ロイ君の頼みだから」

「ありがとう。詳細は追って連絡するよ」

頼むぞという意味を込めて、僕はルビィの肩を軽く叩(たた)いた。

横を向くと、ジェラールが居心地悪そうに僕とルビィのやり取りを見ていた。

「君は……背が伸びたな」

「お、俺のこと覚えてるのか？」

ジェラールが目を見開いた。

「覚えているさ。生徒会長だったんだから」

「いや、でも、俺目立たないし……」

こんな大きな体をして目立たないとは、大きく出たものだ。だが、ジェラールの言うこともわかる。彼は生徒会選挙以降、学年の間で名前が挙がるような生徒ではなくなった。

「生徒会選挙のときとはたしかに印象が違うな」

「……はは」

その誤魔化すような笑い方からは、選挙のとき僕やヴァンを打倒しようと意気込んでいたときの自信がかけらも感じられない。

「まあいい。――ルビィ・リビィ、また会いにくるよ」

ルビィが頷いたのを見て、僕は教室の入口に向かった。

教室を出るとき、ちょうど入れ替わりで入ってきた男子生徒とぶつかりそうになる。

「おい、どこ見て……な、ロイ・アヴェイラム！」

「誰かと思えば、リアム・ドルトンじゃないか。このクラスにいたんだな」

リアム・ドルトン――附属校の頃、ルビィをいじめていた男だ。彼の後ろには、あの頃と同じ顔ぶれの取り巻き三人がいる。

「悪いかよ」

いいか悪いかで言えば悪い。さすがにもうルビィをいじめていないと思うが。

「入学してから顔を見なかったから心配していたんだ」

「相変わらず嘘くさい顔だな」

「だけど安心したよ。内部進学組の仲間たちが元気そうで」

「ちっ。——行こうぜ、デズ」

「え？　ああ、そうだな……」

リアムは教室を通過して、廊下を歩いていった。彼のあとを三人が追いかけていく。

教室に入るのは急遽やめにしたらしかった。

ルビィには十一月の後半までには脚本が欲しいと伝えていたが、想定の半分くらいの日数で上がってきた。おかげで、『境界の演劇団』は精霊祭に向けて十分な準備時間をかけて挑むことができそうだった。

一番時間がかかりそうな衣装作りだが、エリィはやる気十分で、年末の精霊祭までに仕上げるのは問題なさそうだった。

研究の方もこの上なく順調だった。

渡り花の論文から始まった僕の研究はとんとん拍子に進んだ。十月中に実験のほとんどを終わらせ、十一月の中旬には論文を書き上げた。出来上がった論文をワイズマン教授に見せると、教授は子供のように目を輝かせ、彼の伝手をたどって有名な学会誌『チャームド』に投稿する運びとなった。

十一月ももう終わろうかというところで論文の査読——論文の内容を第三者に評価してもらうこと——が完了し、来年の頭に刊行される号に僕の書いた論文が掲載されるらしい。研究を開始してから二ヶ月にも満たないことを思えば、気の早い話だった。

掲載枠を空けるために本来載るはずだった別の研究を押しやり、僕のものが捩じ込まれたと聞いている。

自分の研究を卑下するわけではないが、研究の内容以上に僕の名に重きを置かれていることを薄々感じる。もちろん論文の内容もしっかり評価されたと思うけど、それ以上にメディアにおける僕というキャラクターが買われた抜擢であったことは疑いようがない。

自分で言うのもなんだが、今の僕の知名度は相当なものだ。アヴェイラム家の子というステータスに加え、世間を絶賛お騒がせ中のクインタスを退けた少年という属性はセンセーショナルに人々の話題をさらった。事件直後など、誰もが知っている新聞からゴシップ色の強い大衆紙まで、屋敷の門の前まで取材をしにやってくる記者が後を絶たなかった。その上さらに、有名な論文雑誌に十三歳で論文が掲載されるという快挙だ。普段学術誌などにまったく関心のない層にまで雑誌の名前が届くことは想像に難くない。

多くの学会に共通していることとして、その分野の学問や技術、考え方などを一般社会にまで浸透させたいという目的がある。僕の名に商業的な価値を見出し、利用しようとする学会の思惑が透けて見えた。

べつにそれが嫌だとか、そういうことはない。むしろ、僕の名前が魔法学の発展に寄与するなら喜ばしいことだし、どんな思惑があろうと、有名誌に論文が掲載されれば研究者として箔がつく。願ったり叶ったりだ。環境やタイミングのせいで正当な評価を得られなかった研究者など、歴史上に山ほどいるのだから。

というわけで、正常化委員会のせいで学園生活に若干の窮屈さは覚えているが、研究が順調なこともあって、総合すればまあ悪くない日々だ。

今年も残すところひと月となり、年末には精霊祭が控えている。正常化委員会の抑圧によって、あからさまに騒ぎ立てるような生徒は少ないが、年を締めくくる一大イベントを前にそわそわと落ち着かない雰囲気が漂っている。

授業が終わるとペルシャへの別れの挨拶もそこそこに、一目散に迎えの馬車に乗り込んだ。そのままアルクム大学に直行し、今日も今日とて魔法の研究だ。

毎日が充実している。我が世の春だ。

なんて、浮かれていたのがよくなかったのかもしれない。

研究室に着くと、ワイズマン教授が僕を待っていて、深刻そうに「大事な話があります」と話を切り出したのだった。

「それで、お話というのは……」

談話室のソファに向かい合って座り、僕は教授に尋ねた。

「実は――次号の『チャームド』に掲載予定だったロイ君の論文ですが、訳あって差し止めとなりましてね」

差し止め？

何か問題があったのだろうか。

理論のどこかに不備でもあったのかと考えを巡らすが、すぐには思い当たらなかった。

「査読では問題はなかったはずですが」

「いえ、理論に間違いがあったということではないのですよ。問題があったのは内容の方です。

――魔法学の研究は国の管理が厳しいという話はしましたね？」

「はい。あー、検閲ですか？」

「その通りです。魔法学系の学術誌は国の検閲が必ず入ります。今回の場合、ロイ君の論文の掲載を差し止めるよう、国務大臣の名前で王立魔法学会に命令が下されたということです」

「そうですか……」

「実のところ、こうなることは半ば予想していました。『空間を高速で伝わる魔法的振動について』

――ロイ君の提出したあの論文は、多方面に益をもたらすポテンシャルがあります。だからこそ私はあの論文を『チャームド』へ推薦したわけですから。ただし、その多方面の中には軍事方面も含まれているのです」

「軍事利用、ということでしょうか」

「その通りです」

「応用例のひとつに遠距離通信技術を挙げたのが、検閲官の目にとまったのでしょうか」

「ええ、おそらくは」

「残念です。こうして実際に不利益を被ると、国が特定分野の研究を管理することに対して、疑念が湧いてきますよ」

文句のひとつでも言いたくなる。研究者として最高のスタートが切れたと上機嫌に走っていたところに足を出されたのだ。

「苛立ち（いらだ）はわかります。『チャームド』ほどの権威ある魔法学術誌は他にありませんからね。――そこでひとつ提案ですが、研究内容について講演をしてみませんか？」

「講演？」

「ええ。差し止めが決まった際に、その埋め合わせとして政府から講演の話が上がったのですよ。書物としては世に出せませんが、研究者ばかりが集まる内輪での講演なら開いてもよいと」

政府から？

検閲しておいて講演はさせるのか……と思ったけど、国としては魔法科学の発展は望むところだから、一般に広めたくなくても研究者の間で情報の共有はさせたいという狙いなのかもしれない。

研究者仲間への講演というのは僕にとっても悪くない話だ。これから世話になる界隈への殴り込み——もとい、ご挨拶も兼ねて、引き受けてみてもいいかもしれない。

教授に返事をしようと口を開き、ふとクインタスの存在が脳裏をよぎった。

そういえばあの迎賓館の事件のときも、魔法学研究の講演会が行われていたのだ。

「ぜひやりたいところですが、ひとつ気になることが」

「なんでしょうか」

「クインタスの事件以降、ああいった研究者の集まりは減ったと聞きます。もし僕が講演をするとして、そのあたりは大丈夫なのですか？　その、警備とか」

自分で言ってて情けなくなってきた。これではクインタスにビビってるの丸出しじゃないか。

でもこれは仕方のないことだ。

逆にビビらない人がいるだろうか？　いやいない。いるとしたらそちらの方がおかしいのだ。

「確実に安全だと保証することはできませんが、今回は講演の開催を周知せず、招待状を送る相手も厳選します」

それなら、クインタスに嗅ぎつけられるリスクは減るけど……。

でもやっぱり不安が残る。

眉間に皺を寄せ、難しい顔をしているだろう僕に、ワイズマンがニッコリと笑った。

いったいどうしたんだ？

「実はこの講演の話はすでにある程度進んでいましてね。おもしろい方を招待しているのですよ」

「おもしろい方？」

「ええ。ルーカス・アヴェイラムさんをね」

「なっ、どういう――なぜ父上が」

予想外の名に動揺する。

「政府側の要望で、もともと軍のお偉いさんを招くことにはなっていたのですがね、ルーカスさんは過去にクインタスを撃退されたということで、警護にはぴったりの人材でしょう？　なにより、ロイ君のお父様ですから、きっと我が子の晴れ舞台を見たいと思っているに違いありません。そう思って私からルーカスさんを指名したのですよ」

教授は楽しそうに経緯を説明した。

余計なことを……。純粋に僕にとってよかれと思ったゆえのお節介だったのだろうけど。

まあ、僕たち親子の冷えきった関係性を知らないのだから仕方ないか。というか、そもそも父がこの件を引き受けるとも思えないしな。だって子供の発表会を見にくる父親のようなことを、あの人がするわけがない。

父にはまだこの話は伝わっていないのかもしれないな。もし伝わっていたら、即断るに違いないのだから。

というか断ってくれ。気恥ずかしいのと、恐ろしいのとで、きっと講演会が僕にとって地獄になるに決まっている。

「お気遣いありがとうございます。ですが、父は忙しい人なのでおそらく講演には来られないかと――」

「心配はいりませんよ。すでに参加のお返事をいただいていますからね」

なぜだ。父の考えがまったくわからない。

考えられるとすれば、僕がどうこうの話じゃなくて、単純に仕事として来るということ。

僕の研究の有用性を軍人の目線で見極めようとしているということなら、ぎりぎりわからなくもない。それなら僕の方も研究者として対峙（たいじ）すればいいだけだ。

そう思うことにすれば、多少は気が楽になってくる。クインタスより強い用心棒がついてラッキーとでも思っておこう。

「父の前でかっこつけられるよう、しっかりと準備を進めていきたいと思います」

「ええ、応援していますよ」

万全の準備をして迎えた、講演会本番。

僕は、名だたる研究者や政府関係者たちの前に立ち、話し始めるタイミングを窺（うかが）う。

「もしかしたら今日は、世界の在り方が大きく変わる日かもしれません」

部屋が最も静まり返ったとき、僕は語り始めた。

「歴史上、文明が大きく進歩する瞬間には、必ず新たな発見や技術が伴います。たとえば火を利用する術を見出し、我々人類は初めて闇や寒さに打ち勝ちました。たとえば文字の発明。我々は文字を生み出したことで、知識を後世へと伝えていくことが容易になりました」

ステージを左右にゆっくりと歩きながら話す。

緊張は感じているが、声が震えるほどではなく、程よい感じだ。

「今日紹介する私の研究も、そういったもののひとつとなる可能性を秘めていると言っても過言ではないでしょう」

「馬鹿馬鹿しい」

部屋の中央付近から吐き捨てるように言う男の声が聞こえた。そちらを向けば、侮りを含んだ男の目と目が合った。彼はこの中ではかなり若い部類の研究者だ。

僕は目を細め、彼を見た。

彼の発言は、この部屋の魔法学者たちの内心を代弁したものだ。文明を大きく進める研究などと喧伝すれば胡散臭く思うのが正常な反応だ。

現に男の隣で年配の魔法学者が首を傾げているのが目にとまった。話のスケールが大きすぎて、このままでは聴衆を置き去りにしてしまうだろう。

「馬鹿馬鹿しい、ですか。わかりました。子供の私が大層なことをしゃべったところで何も響かないのでしょう。そういうことなら、前置きなど全部飛ばして、さっそく実演といきましょうか」

脇に控えていたフランチェスカに目配せをし、実際に実験に使用した魔法装置を持ってきてもらう。

「さて、お名前を伺ってもよろしいですか？」

先ほど悪態をついた彼に尋ねた。

「……オルステッドだ」

「オルステッドさん……というと、ひょっとして魔力の整流作用を持つ鉱石を発見したという、あの？」

「ああ、そのオルステッドで合ってる」

「まさかオルステッドさんがこれほど若い方だとは知りませんでした。それにしてもすごい偶然だ。これからお見せする実験には、その鉱石が使われているのですよ」

「なるほど？」

オルステッドが少し関心を示した。

「オルステッドさんにお聞きします。遠くにいる人に情報を伝えるには、どのような方法が考えられるでしょうか」

「遠くへ情報を伝える方法か。——火を熾(おこ)して煙を高く上げれば、遠くの人間に何らかの情報は伝わるだろう」

「なるほど。煙ならばかなり遠くまで見えるでしょうね。情報の受け手はすぐに何かが起こったことを察するでしょう。欠点としては、具体的に何があったかまでは伝わらないことですかね。他に何かありますか？」

「遠いという言葉をどれほどの距離に設定するかにもよるが……そうだな、音は遠くまで聞こえるだろう。たとえば君の通う学園の希望の鐘の音なんかはアルクム通りの端まで響くという。事前に鐘を鳴らす回数や間隔などに意味を与えておけば、離れた位置にいる聞き手に情報が伝わるだろう」

目だけ動かして周りの様子を確認する。一人で話していたときよりも、聞いてくれている感触があった。

「距離にすれば二里ほどはあるでしょうか。煙とは違い、伝えられる情報量が多いのは嬉しいですね。しかし、それでは不十分です」

「不十分？」

「ええ。それでは隣町までしか情報は届きません。みなさんは情報の伝わる遅さに不便を感じたことはありませんか？　今日手紙を送ったとして、相手が遠い田舎に住んでいたら手紙が返ってくるまでに一週間ほどかかるでしょう。大陸にいる知り合いと連絡を取ろうとすれば、一往復するだけでひと月かかってもおかしくはありません」

「それはそうだろう。手紙とはそういうものだ。それとも、君の研究がそれを早めてくれるのか？」

「その通り！　たとえば今ここで発した情報を一瞬でグラニカ王国中に伝えることも可能になるでしょう」

「なんだと？」

「それどころか、この星の裏側からだってすぐさま情報が届く。私の研究はそれほどの可能性を秘めているのです！」

「信用できない……と言いたいところだが、それが事実なら、国から『チャームド』へ差し止め命令がいったという噂も納得できるな」

オルステッドは顔を僅かに右に向け、ルーカスやその他政府関係者が座る方をちらりと見やった。

「これから行うのは簡単な実証実験です。この装置を使い、離れた場所に一瞬で情報が伝わる様子をお見せしましょう」

テーブルに置かれた装置を軽く触り視線を誘導した。人々の視線が一斉にそこに集まる。

「装置の構造はとても単純です。魔力バッテリーに杖のようなものが取り付けられていると思ってください。ただし、この杖は通常のものとは異なり、先端が行き止まりになっていて、魔力が出ていくことができません。ここで、バッテリーの出力を上げていくと――」

バッテリーのつまみをゆっくりと回していくと、ある地点で杖の先端が発光し、光の糸がフランチェスカの方へと伸びていった。この光は魔力で強化した僕の目には見えているが、他の人からは見えていないものだ。

「杖はいずれ限界を迎え、空間に波を放射します」

「波？　それは音のようなものか？」

オルステッドが質問をした。

「音とは比べ物にならないほど速い波です。私はこれを魔力波だとか、魔法副次波と呼んでおりますが、これは人の目には見えません。実は今も、この杖の先端からは魔力波が放射されています。魔力波は空間をものすごい速さで伝わっていきます。そして、その途中で仲間を見つけるとパスがつながるのです」

聴衆たちはみな、杖の先端をじっと見ている。

僕はまた、フランチェスカに視線で合図を送った。

彼女は、もう一つの装置を僕のところまで持ってきた。装置は彼女の手のひらに載る大きさのもので、その大部分はフォネテシルトと呼ばれる魔物の甲羅である。こちらももう一方の装置――送信機と同様に、特殊な杖が取り付けられていて、両者の杖の先端は光の糸で結ばれていた。

「こちらを送信機、そしてこちらを受信機と呼ぶことにします」

フランチェスカから装置を受け取り、持ち上げてみせる。

「送信機と受信機――ということは、そちらの装置から、その甲羅のついた装置に情報を送るということだな？」

「その通りです。今、この送信機と受信機は、目に見えない糸でつながっています。情報をやりとりする準備はもう完了しているので、あとは送るだけです。——そうだ、オルステッドさんにこの受信機を持ってもらいましょうか」

僕は部屋の中央にいるオルステッドのところまで歩いていき、受信機を差し出した。

「べつに構わないが、何をすればいい？」

オルステッドは僕から受信機を受け取った。

「持っているだけで構いませんよ」

前に戻り、僕は送信機のレバーのつまみを握った。

「それでは、みなさん。これが、世界初の、魔力波を介した遠距離通信です」

つまみを押し下げ、下部の突起に接触させた。

ポーという音が、オルステッドの持つ受信機から鳴った。

人々の反応は様々だった。驚く者。小さく歓声を上げる者。難しい顔で何ごとか囁き合う父と軍人たち。

「このように、つまみを押し下げている間、音が鳴る仕組みです」

つまみの上げ下げを繰り返し、ポーポポーポーと音の長さを自由に変えられることを示した。研究者たちはそれに拍手で応えた。

「どうですか？　素晴らしいと思いませんか？」

部屋を見渡して、聴衆に問いかけると、再び拍手が返ってきた。及第点は得られたようだ。

それからは質疑応答に移り、理論的、または技術的な部分の疑問にひとつひとつ答えていった。

「――魔力に情報を乗せるのには『触媒法』を用いております。ええ、そうです。我が偉大なる母、エルサ・アヴェイラムが学生時代に発明した手法ですね。詳しくは彼女の論文、『魔力に単純情報を付加する単純な方法』を読むとよいでしょう。――さて、そろそろ終わりに……ええと、そちらの方どうぞ」

父、ルーカスが手を上げていた。ここまで、彼が座っている部屋の左後方を極力見ないようにしていたが、手を上げられては、さすがに無視するわけにはいかなかった。

「先ほど、星の裏側でも一瞬で情報が伝わると言っていたが、それは確かか？」

「理論上は、出力を無限大に上げていけば距離の制限はありません」

「実用上は？」

「ここから大陸までならば十分に届きます」

「それ以上だとどうなる？」

「実際にやってみないと確かなことは言えませんが……間に中継機を挟むことで距離の問題はほとんど解決するでしょう」

「そうか。質問は以上だ」

ルーカスとのやりとりが終わると、背中に汗を掻(か)いていることに気づいた。かなり緊張していたみたいだ。深く息を吐き出しそうになるが堪(こら)える。

「それでは、このあたりで講演は終わりにしたいと思います」

講演が終わると、参加した多くの研究者から話しかけられた。ほとんどが僕に好意的で、講演はまずまずの成功を収めたと言えそうだった。

軍人たちは僕へ挨拶をするとすぐに部屋を出ていった。ルーカスにいたっては挨拶すらなかったが、仮に話しかけられても何を話していいかわからないから、むしろ助かった。

「オルステッドさん、今日はありがとうございます」

参加者たちが退室し、部屋には僕、フランチェスカ、ワイズマン教授、そしてオルステッドの四人が残った。オルステッドに礼を言うと、彼は目を細めて気弱そうな笑みを見せた。

「ああ、いえ。いいんですよ。ワイズマン教授にはお世話になりましたから。――あの、変じゃなかったですか?」

「もう、何言ってるの?　完璧だったよ。誰も演技だって気づいてなかったから」

フランチェスカが、不安そうにしているオルステッドの手を握った。二人は、オルステッドが研究室に在籍していた頃から親密な関係だという。

「まさかオルステッド君にこんな才能があったとは。素晴らしかったですよ」

ワイズマン教授が満足げに頷いた。

「大げさですって。全部打ち合わせ通りだったじゃないですか」

オルステッドが困り顔で言った。

オルステッドの言う通り、今日の講演会は、彼が僕に突っかかってくるところも含め、すべてシナリオ通りだった。

講演をするにあたってまず僕が心配したのは、真剣に話を聞いてもらえないことだった。硬派な研究者たちからすれば、『話題性ばかりが先行している、名門貴族のいけ好かない息子』という認識が多かれ少なかれあるに違いないのだ。研究には自信があったが、そういう認識を持たれた状態では内容を過小評価されてしまいかねない。

そこで僕は、サクラを用意することを教授に相談した。するとすぐにフランチェスカ経由でオルステッドに話がいき、何度かのリハーサルを経て今日の本番を迎えることができたのである。

絶賛する立場ではなく、批判する立場をオルステッドに取らせたのは、その方が本当っぽいからだ。全員が否定的な場に一人だけ肯定的な人間を交ぜても異物と認識され、嘘っぽい感じが出てしまう。だから、オルステッドにはまず聴衆の代弁者として否定的な立場を取らせ、僕との対話により少しずつ彼の考えが肯定的なものに変わっていく様を他の聴衆に見せたのである。

「――ロイさんの学会デビューに貢献できたみたいでよかったです」

本来のオルステッドは穏やかな性格の男だ。同じ研究室とはいえ、遠い後輩でしかない僕の成功を心より嬉しく思ってくれているのが伝わってくる。

「ありがとうございます。オルステッドさんには損な役回りをさせてしまいましたね。いつか恩返しをしないと」

「気にしないでください。なんの役に立つかもわからない私の魔鉱石の研究が日の目を浴びることになりそうで、実は少しワクワクしてるんです」

彼の魔鉱石の研究は、受信機側で重要な役割を果たしている。僕の考えた通信技術が広まっていけば、彼の研究にも注目が集まるだろう。

「そう言っていただけると助かります」

講演会は成功に終わった。

論文の掲載差し止めという不運に見舞われたときはどうなることかと思ったけど、講演会のおかげで、結果的に他の研究者たちとの交流もできたから、むしろよかったのかもしれない。

第十一章

OLD ENOUGH TO LEARN MAGIC!

十二月に入ってからはあっという間だった。精霊祭まであと三日となり、生徒たちはみな浮かれている。正常化委員会発足以降は締め付けが厳しかったから、いい息抜きになるだろう。

ルビィの脚本のクオリティは期待以上だった。『境界の演劇団』のお披露目に相応しい劇になりそうだ。

話の内容はヴァン演じる名探偵がペルシャ演じる仮面の怪人を打倒するというものだ。ヴァンはヒーローにぴったりだし、ペルシャは恐ろしい怪人の役を持ち前の能力の高さで上手に演じている。

エベレストは怪人の仲間を演じることになったが、その悪女っぷりはとても様になっていた。

ルビィは演者を想定しながらキャラクターを書いたのかもしれない。クインタスっぽいやつを倒すストーリーにしてくれとだけ要望を伝えていたが、それ以上のものが仕上がってきて、僕らは全員驚いた。やはりルビィはすごいやつだ。

街も精霊祭の雰囲気で賑やかだった。

馬車でアルクム通りを行けば、店々の玄関先に銀の皿が吊るされているのを見ることができる。独特の香りが漂い始め、いよいよといった感じだ。

あの皿にはヒトリウサギと呼ばれる耳の長い小動物の耳を細かく刻んだものが載せてある。ヒトリウサギの耳は独特の香りを放ち、分泌液は香水にも利用されることで有名だ。人間にとってはいい匂いでも他の動物にとってはそうでもないようで、昔から害獣よけにも使われている。

そんなヒトリウサギの耳だが、精霊モドキと呼ばれる、とある生き物の大好物なのである。精霊モドキとは、梟から羽根をすべて毟り取ったようなフォルムをした、全身が半透明の不思議生物だ。精霊モドキはこの季節にだけ活動的になる。夜になるとふよふよと皿に近寄ってきて、ヒトリウサギの耳肉を齧りにくる。すると、肉の成分に反応して精霊モドキの全身は淡く発光する。個体によっていろんな色に光るから、その光が小動物の耳の肉を齧った結果であることにさえ目を瞑れば、幻想的な光景にうっとりできること間違いなしだ。

ヒトリウサギの耳を飾るという行為には、悪い霊を追い払い、善い霊だけ――つまり精霊様をお迎えするという宗教的な意味合いがある。昔の人は精霊モドキのことを本当に精霊だと信じていたのかもしれない。

学校に到着し、アーチ状の校舎の入口をくぐると、掲示板の前に人だかりができていた。

重大な告知があったらしかったが、人をかき分けて見にいくのも面倒だから、近くにいた寮で見たことのある先輩に問いかけた。

「何があったんですか？」

「今年の精霊祭は中止だってよ。正常化委員会から告知が……うわぁ、教祖!?」

「はぁ？」

この男、今僕のことを教祖と呼んだか？

だとしたら、どうかしているな。

「どうかしたのですか？」

「いやぁ……はは。なんでもないよ。──おい、みんな！　彼が見えないと言っているぞ！」

彼の声に振り向いた生徒たちが、僕の方を見て、何に納得したのかわからないが、頷いて道を空けていく。

「ささ、こちらから」

男子生徒が道を手のひらで指し示した。

今の僕の立ち位置ってこんななのか？　英雄視されてるとは聞いてたけど、これが英雄に対する扱いか？　もはや崇められてるだろ。──いや、たまたま極端なやつに当たっただけだろう。そう思うことにしよう。

できた道を通って人だかりの前まで出た。掲示板には羊皮紙が一枚張られている。

すべての生徒は、わが校において精霊祭に関するいっさいの活動を行ってはならない。これを破った者は厳罰に処す。

正常化委員会顧問ジョセフ・ナッシュ

なんだこれは。精霊祭の三日前に言うことじゃないだろ。

『境界の演劇団』の劇の準備は進んでいるし、僕ら以外の生徒たちだって、各々準備をしてきたはずだ。それを今さら中止にするだなんて、いくらなんでも横暴だ。今すぐペルシャと相談しよう。

そう思って教室へ向かおうと掲示板に背を向けると、なんと道が消えていた。一方通行だとは聞いていない。そして、道を塞いだ彼らは、僕に何かを期待するような視線を向けているではないか。

仕方ないから何か主張しておこう。

「こんなことが許されていいのか？　いや、許されるわけがない。こんな紙切れ一枚に僕たちがこれまで必死にやってきたことを否定させてたまるものか！　僕の名前はロイ・アヴェイラム！『境界の演劇団』の設立者である！　僕ら『境界の演劇団』は正常化委員会の決定に断固抗議する！」

「うおおおお！」

「いいぞ！」

「俺だって抗議してやる！」

「教祖様ぁ！　こっち見てー！」

よし、うまく煽れたな。せっかくだし、もう少しだけ『境界の演劇団』のことを宣伝しておこう。

僕が右手を上げると、声が止んだ。

「『境界の演劇団』への応援、いつもありがとうございます。今後とも『境界の演劇団』を、どうぞよろ――」

「ロイ・アヴェイラムさん！」

「うん？」

声がした方を見ると、ジョセフ・ナッシュが腕を組んで僕を睨んでいた。しかし、残念だったな。僕の周りには僕を守る盾がこんなにもたくさん――おい、どうしてみんな逃げていくんだ？

掲示板前は、あっという間に僕とナッシュ先生の二人っきりになった。

「ロイ・アヴェイラムさん。ついて、く、く、きなさい」

「はい、先生」

ナッシュ先生に連れていかれたのは彼の居室であった。すべてがモノクロで、無機質で、几帳面に整頓されていた。人によってはこの生活感のなさは落ち着かないだろう。僕は結構好きだ。まとまりがあって、無駄も少ない。

「こ、コーヒーは？」

「……いただきます」

説教されることを覚悟していたけど、普通に客として出迎えられている。

「適当に座っていなさい」

「はい、先生」

僕は黒い革のソファに腰を下ろした。

ナッシュ先生は魔法具で着火し、金属製のポットのようなものを火にかけている。まだ時間はかかりそうだ。

僕はテーブルに置かれた『チャームド』を手に取った。僕の論文が掲載される予定だった科学ジャーナルである。

表紙には『魔法学会の麒麟児、ロイ・アヴェイラムの素顔に迫る』とあった。

僕の論文は軍事的な理由から差し止めを食らったが、その代わりにコラムを掲載したいということで、この間『チャームド』から研究室に取材が入った。僕は最大の努力で物腰柔らかい好青年として受け答えをしたから、きっといい感じに書いてくれているはずだ。

冊子をめくり、コラムのページを開く。

二年前、クインタスの模倣犯を退治し、一時アルクム通りを賑わせたロイ・アヴェイラム少年。今年の夏、今度は本物のクインタスを撃退し、その実力を確たるものとして世間に知らしめた。そんな彼の真価は、その実、魔法学研究にこそあったのだ。

悪くない滑り出しだ。僕自身が経歴を語るとしても、その二つの事件については必ず触れるだろう。できれば生徒会長を務めたことにも触れてほしいが。

まさしくヒーローと呼ぶに相応しい経歴の持ち主である彼だが、親しみよりも不気味さ、称賛よりも畏怖が先にくる——そんなふうに思っている読者も多いことだろう。実際に私もそのうちの一人だった。しかし、そんな彼への印象も、この取材を通して徐々に変化していった。彼は終始、物腰柔らかい好青年だった。どんな怪物と対面するのかと戦々恐々としていたから、その落差に私は安心しきってしまった。それが大きな過ちであるとも知らずに。

取材が終わり、充実した心地で研究室を出た私は、帰り道でようやく彼の異様さに気がついた。私がさっきまで話していた彼は、まだ十三歳になったばかりの少年。しかし、私はどういうわけか二十代の聡明(そうめい)な青年と対するかのごとく彼に接していたのだ。背筋が凍る思いだった。彼は私と対面したその瞬間から、私が彼に親しみを覚えるように、そういう人物を演じていたのである。

なんだこの馬鹿馬鹿しい記事は！　こんなの偏向報道じゃないか！　僕の物腰の柔らかさに親しみを覚えたのなら、素直にそう受け止めればいいだろう！

続きを読む気も失せ、僕は冊子を閉じてテーブルに置いた。ちょうどそのタイミングで、ナッシュ先生が僕の前にマグカップとチョコレートの載った皿を置いた。

「ありがとうございます」

「こ、こ、今回は残念でしたね」

「何がですか？」

「『チャームド』に論文が載るのは魔法学者にとって憧れですよ」

ナッシュ先生は僕の論文が掲載される予定だったことを知っているらしい。

いや、そんなことはどうでもいい。彼の目的はなんだ？　僕とおしゃべりがしたいわけではないだろう。

マグカップを手に取り、コーヒーを一口飲んだ。おいしい。チョコレートを一つ摘まみ、苦味の残る口の中に放り込んだ。

「し、知っていましたか？　あなたの母親は大学に入学したその年に『チャームド』に載ったのですよ」

もしかしたら本当に僕とのおしゃべりが目的なのかもしれない。

「初耳です」

「当時も随分騒ぎになりましたが、親子揃ってとは――」

「僕は精霊祭の件で呼ばれたのではないのですか？」

マグカップを置き、単刀直入に尋ねる。

「――ええ、その通りですよ」

「三日前になって突然中止にするのは理不尽ではありませんか？」

「す、すー、昨今の事情をか、顧みての判断です。街全体が自粛ムードなのは知っているでしょう。あなたの講演会だって、さ、細心の注意を払って行われたと、く、く、きっ、えー、耳にしていますよ」

「ですが、これまで多大な労力を費やして準備を進めてきた生徒もいます。とくに六年生たちは今年が最後の精霊祭です。僕は彼らのためにも抗議を続けますよ」

「あなたがきっ、気にしているのはご自分のクラブのことだけでしょう？」

「もちろん『境界の演劇団』も劇をやる予定ですから、一番に気にしています」

ナッシュ先生が深く息を吐いた。

「――精霊祭は、か、か、開催しません。こ、ここれは決定です。話は以上です」

ナッシュ先生が立ち上がった。僕も彼に続く。

彼はドアを開けて僕を部屋の外へ促した。

「コーヒーとチョコレート、おいしかったです」

「あなたが、ご、ご自分の影響力を自覚してくれることを願います」


「――ということがあったんだ」

授業に遅れてきた理由をペルシャに聞かせてやった。

「相当ロイ様を警戒しているようですね。精霊祭の中止も、真の目的は我々の活動を阻むためかもしれません」

それはどうだろう。初めて一対一で話したナッシュ先生からは、前まで感じていた嫌味っぽさが消えていたような気がした。おいしいコーヒーとチョコレートもくれたのだ。……僕を懐柔するためか？

「しかし、さすがはロイ様。今朝のことはすでに一部で噂になっているようですよ」

「ああ。『境界の演劇団』のことは、しっかりと宣伝しておいた」

「抜け目ないですね。しかし、このまま精霊祭がなくなればマイナスの方が大き――なぜ笑っているのですか？」

訝しげな顔をするペルシャに僕は言った。

「僕にいい考えがある」


精霊祭が予定されていた日の前日になった。

アルティーリア学園は昨日から冬季休暇に入っていて、生徒たちは気落ちしながらも、仕方ないと諦め、寮でゆっくり過ごしたり、帰省の準備をしたりしている頃だ。

そんな中、僕たち『境界の演劇団』のメンバーは、中庭の前に集合していた。クインタスやら魔人やら魔物やらに臆して精霊祭を中止した学園に抗議をするためだ。

「これからやることに参加すれば、教師たちに目をつけられることは確定的だ。懺悔玉も投げられるだろう。――準備はいいか？」

僕はヴァン、ペルシャ、マッシュ、エベレスト、エリィに問いかけた。

「もちろん！　早くピアノ弾きたくてうずうずしてるんだ！」

マッシュが元気よく答えた。

「あたしも、この制服を早くみんなに披露したいな。だって自信作だもん」

エリィが身を半分翻して、マントを靡かせた。

僕らは全員、エリィがデザインした『境界の演劇団』の制服を身に纏っている。黒いマントを左肩に羽織り、頭には後ろにリボンがついた赤いベレー帽を被っている。

「もちろん参加いたしますわ。エリィさんの作った服を一番着こなせるのはわたくしですから。それに、精霊祭がなくなって、せっかく覚えた劇のセリフが無駄になってしまうなんて口惜しいんですもの」

そう言うだけあって、制服はエベレストによく似合っている。

「俺もやるよ。精霊祭をやめるってことは、クインタスに屈するってことだろ？　俺はそれが正しいとは思えない」

ヴァンが言った。

「私はロイ様に従うだけですので」

僕はペルシャに頷きを返す。

「ではこれより、作戦を開始する。総員、配置につけ」

「偉そうだな」

「いいから配置につくんだ。貴様は僕の隣だろう」

「わかってるよ」

マッシュを除く五人で横並びになった。マッシュは他にやることがあるから、一人旧音楽室へ向かった。

うっすらと雪が積もる中庭へと僕らは足を踏み入れた。しゃく、しゃく、と水を多く含んだ雪特有の音がする。

中庭は、三方を三つの寮に、残りの一方を校舎への連絡通路に囲まれた四角形の空間である。その中央、十字路の交点には、三階建ての高さの鐘楼がそびえ立ち、その頭に希望の鐘を携えている。

正午の鐘を鳴らさなくなってもうすぐ三ヶ月。僕たちは再びあの鐘を鳴らし、生徒たちに希望を与えるのだ。それが今回の作戦の目的——というのはもちろん建前で、真の目的は『境界の演劇団』の認知度アップである。

僕らは鐘楼の近くの、どの寮からも見ることができるであろう位置で立ち止まった。

腰に装着している無骨なデザインの魔法具を手に取る。これは先日の講演会で僕がデモンストレーションを行った通信機の改良版だ。フォネテシルトという魔物の特性を使って音声のエンコードとデコードを実現している。つまりは、講演会の時点ではポーという音しか送れなかったものが、今や音声の送信まで可能となったのだ。

各寮の談話室には、昨日のうちにあらかじめ受信機を設置しておいた。受信機は全部で五つあり、各寮の談話室に一つずつ、『境界の演劇団』の拠点である旧音楽室に一つ、それと音声の確認用にヴァンに一つ持たせてある。送信機は僕とマッシュが一つずつ持っている。

二つの送信機と五つの受信機には僕の魔力を注ぎ込んである。僕の魔力によって送信機と受信機は紐づけられているため、起動すると自動的にパスがつながり、通信ができるようになっている。

少し待っていると、マッシュが走っていった方角から四本の光の筋が伸びてきて、そのうちの一本がヴァンの持つ受信機につながったのを、魔力で強化された目で確認した。マッシュの準備が整ったようだった。

「始めるぞ」

右、左と顔を向けると、頷きが四つ返ってきた。

深呼吸をして、僕は手元の送信機に魔力を送った。僕にしか見えないパスが寮の建物に伸びている。

送信機を口元へと近づけ、大きく息を吸った。

「えー、本日は晴天……では残念ながらなく、少しばかり曇っている。学園の生徒諸君、この声は聞こえているだろうか」

出力を小さくしてあるヴァンの受信機から、僕の声が微(かす)かに聞こえてきた。よし、通信は成功している。

すぐに受信機からピアノの音も小さく聞こえてきた。マッシュが演奏を始めたのだ。

「このロイ・アヴェイラムが先日開発した、魔紋(まもん)式遠距離通信システム、略して『魔信(ましん)』の受信機が各寮の談話室に設置されていると思う。不思議な魔法具に驚いているところ申し訳ないが、窓を開けて中庭を見てほしい」

左右の棟にはアーチ型の窓枠が均等に並んでいる。その窓がひとつひとつ開いていき、生徒たちが困惑気味に顔を出した。白い雪を被った中庭に、赤いベレー帽を被り、黒いマントを羽織る五人の生徒。彼らはすぐに僕たちの姿を見つけたようだった。

頃合いを見て再び口を開く。

「我々は『境界の演劇団』。今日は学園に抗議しにきた！」

おー、と囃す声が上がった。

「精霊祭のためにせっかく劇の準備を進めていたのに、突然中止を宣言され、非常に遺憾である。君たちもそうだろう？　最近、調子はどうだ？　元気にやっているか？　僕は元気じゃない。なぜなら魔人やら魔物やらで王都中が辛気臭いし、クインタスに怖気付く正常化委員会や校長のせいで、僕の学園生活は毎日が葬式みたいだからだ！」

僕がクインタスの名を言った瞬間に、何人かの生徒が肩を跳ねさせたのが見えた。校長はクインタスを恐れるあまり話題に出すことさえ禁じたが、それはかえってクインタスの名に説得力を持たせ、神格化にも似た畏れを生徒に植え付ける結果となった。

「今クインタスという名に恐れ慄いた生徒は少なくないだろう。やつがそれだけ恐れられる存在であることは僕も認める。アルクム大学の迎賓館であの男と対峙したとき、僕だって恐怖で身が竦んださ！」

次第に熱が入る。

僕は感情を出しすぎてしまったことを反省し、一息入れた。

「――クインタスに怯えるだけの日々。いつまで続くんだ？　こんな生活がこれからも続いて、君たちは満足か？　僕は嫌だ。僕たちはそんなことを望んでいない。だから今日、我々『境界の演劇団』は、クインタスに臆さないことをみなに示しにきたんだ！　あの希望の鐘を再び打ち鳴らし、魔人に屈しないことを王都中に知らしめるために！」

賛同の声を上げる者がいた。指笛を鳴らす音も飛んでくる。

一昨日の朝、掲示板前で僕を支持する生徒があれだけいたのだ。精霊祭の中止に反対する生徒が他にもたくさんいるだろうことはわかりきっていた。これまでも何度か人前でスピーチをしてきたが、聴衆を焚きつけるのが今日ほど簡単だったことはない。

窓から身を乗り出す生徒たちを見て、気分がよくなってきた。あとは、鐘楼に登って鐘を鳴らせば感動の嵐だろう。

「ロイ様、鐘楼の入口にナッシュが」

左隣に立つペルシャが僕に耳打ちした。

後ろを見れば、ナッシュ先生が口の端を上げて鐘楼から出てくるところだった。

「どうして先生がここに？」

「せ、アダム君が偶然き、旧音楽室の前を通りかかり、何かをし、知ってしまったと報告してくれましてね」

昨日、旧音楽室で僕たちは作戦会議をしていたが、それを盗み聞きされていたのか。

「この寒い中、ずっと塔の中で待っていたのですか？」

「――そそ、それは、ど、どうでもいいでしょう」

「作戦を知っていたのなら、受信機を回収すればよかったのでは？」

「まず一つ、私はその魔信という魔法具がどう使われるのか、き、興味がありました。そ、そしてもう一つ、演説が得意だと勘違いしているあなたが、生徒たちを煽るだけ煽ったあとに、き、希望の鐘を鳴らせなかったとなれば、よい見せしめになるでしょう」

な、なんて性格の悪い……。

彼の言う通りだ。このまま鐘を鳴らさずに終わるのなら、初めからやらない方がマシ。『境界の演劇団』のお披露目として大失敗どころではない。大恥だ。

どうする？　ナッシュ先生が入口を塞いでいては、中に入ろうにも入れない。

「これから追いかけっこでもして僕たちを捕まえますか？」

「私を塔から引き離したいのでしょう？　あなたのここ、こ、魂胆はわかっていますよ。ですが、いいでしょう。――せ、正常化委員のみなさん！　『境界の演劇団』のメンバーに懺悔玉を当てるのです。今すぐ中庭に集まりなさい！」

ナッシュ先生が声を張り上げた。送信機に彼の声が乗ってしまった。これを聞いた委員たちは、すぐに中庭に下りてくるだろう。

「僕らを捕まえてどうするつもりですか？」

「反省文百枚です」

僕らは息を呑んだ。

なんということだ。反省文を書くことほど無駄なことはない。しかも百枚だと？　心にもないことを百枚分も心から絞り出すことはできない。

「みんな、一時撤退だ」

僕はマントをはためかせ、颯爽と雪の上を走った。

「ちょ、ロイ!?」

ヴァンたちも、少し遅れて僕のあとに続く。ナッシュ先生が追いかけてくる気配はない。

「おい、ロイ！　逃げてどうするんだよ！」

「一時撤退と言っただろう！　タイミングを見て鐘楼に登るんだ。身体強化のできる僕とヴァンならチャンスはあるはずだ！」

「そうか！　それしかない！」

「ろ、ロイ様、いったん、はぁ、はぁ、止まって、ください」

ペルシャの死にそうな声に振り向く。

彼は腰に手を当て、ぜーぜーと息をしていた。エベレストとエリィはもうだいぶ後ろにいる。

「大丈夫か、ペルシャ」

「だ、大丈夫なわけ、く、はぁ、はぁ。ふぅ、ふぅ。——ええ、何も問題はございません」

彼はすっと呼吸を整え、いつもの澄ました顔に戻った。

さすがペルシャだ。

「何かいい案はあるか？」

「まずは、声を落としてください。さきほどから、すべての会話が全校生徒に聞かれております」

「あ。――ああ、もちろん承知の上だ。委員たちを欺くためのブラフだ」

「さすがはロイ様でございます。――機動力に差がありすぎるので、二手に分かれましょう。私とエベレストとサルトルの三人は旧音楽室へ向かいます。そこでマッシュと送信機を回収するので、それから魔信(ましん)で連絡を取り合いましょう」

ペルシャは魔信(ましん)に声が乗らないように、僕の耳元で小声で話した。

「わかった」

ペルシャに小声で返す。

「よしみんな！　魔法科棟に隠れよう！　絶対に見つかるんじゃないぞ。見つかったら反省文百枚だからな」

送信機に向かって言う。さすがにわざとらしいかもしれないが、やらないよりはいい。

「魔法科棟に行くのか？」

ヴァンが不思議そうに聞いてくる。この男は何もわかってない。

「魔法科棟に行くんですの？」

ようやく追いついてきたエベレストが不思議そうに僕を見た。

「違うよ、ルカちゃん。魔法科棟に行くって言って委員会の人を混乱させる作戦なんだよ」

よかった。エリィにはしっかり意図が伝わっていた。でも、それを声に出したら相手に筒抜けだ。

ペルシャ以外みんなドジっ子じゃないか。

僕も含めて。

「ペルシャ、そっちは頼んだ」

僕はヴァンを連れてその場を離れた。


十分に中庭から遠ざかったところで、僕とヴァンは足を止めた。

ここならすぐには正常化委員たちに見つからないだろう。

「どうする？」

ヴァンに尋ねる。

「二人でせーので突っ込もう。片方がナッシュに捕まっても、もう片方は塔を登れる」

返ってきた答えは力技だった。

この男は馬鹿みたいな身体能力に物を言わせてなんでも解決しようとするきらいがある。

「塔の入口は一つしかないだろ」

「どっちかが裏側から壁を登るんだよ」

「発想が獣だな。もちろんヴァンが裏側だろうな？」

「いいよそれで。でも捕まるのはたぶん表側だ」

「……たしかに。突破した方もどのみち捕まるだろうけどな。そしたら二人とも仲良く反省文百枚だ」

「うっ……。ナッシュのやつ、百枚はいくらなんでもやりすぎだろ！　それだけで冬休みが終わっちゃうじゃないか！」

「懺悔玉を全部避ければいいんだ。ヴァンならできるだろ」

「無理だろ。ナッシュだけでもきついのに、正常化委員もいるんだ。あのニビ寮の先輩は身体能力がとんでもないらしいぞ。もう反省文覚悟でやるしかないだろ」

「僕は反省文よりも懺悔玉を恐れている。全校生徒が見ている中庭で懺悔モードになるのは絶対にごめんだね」

「うわあ、最悪だ。魔信で注目を集めたのが裏目に……。でもロイはまだいいだろ？　感情をコントロールするの得意だし」

「まあ……そうだな」

得意なもんか。今まで大舞台で冷静だったことなんて一度もないんだ。周りからは余裕があるように映っているのかもしれないが、内心パニックを起こしていることも少なくない。

クインタスに襲われたときもそうだった。

「ロイ・アヴェイラムは恐ろしいほどに落ち着き払っていた」

あの場に居合わせた者は、みな口を揃えてそう評したが、真実は正反対だ。あの場で最も取り乱していたのが僕なのだ。

「うわっ、正常化委員！」

ヴァンが僕の後方を指差した。振り向くと腕章を付けた正常化委員が三人、角を曲がってきたところだった。僕とヴァンはすぐに駆け出す。

「あっ、おい待て！　一年！」

「俺から逃げられると思っているようだな」

鬼ごっこが始まった。六年生の中から正常化委員に選ばれただけあって、僕ら同様、彼らも身体強化を使い、追いかけてくる。

「先輩たち、足速くないか!?」

「さすがに、五年の歳の差は大きいな。まあ、僕はまだ三割の力しか、出してないが」

「俺だってまだ二割だ！」

「よし。それじゃあ、寮まで全力で走るぞ！」

「寮？」

「この目立つ制服をいったん誰かに預けるんだよ。あの三人が混乱してる間に、中庭に向かおう」

「わかった。どの寮に行く？」

味方が多い寮がいい。ヴァンはラズダ寮で寮生活をしていて、僕は通学組だが、形式上はシャアレ寮に所属している。

「二手に分かれよう。僕はシャアレ寮」

「俺がラズダ寮か」

正常化委員との距離が少しずつ縮まってきている。平均的な出力は彼らの方が上だ。長距離を走ればば先にへばるのは僕らの方だろう。だが、最大の出力はきっと負けていない。

分かれ道で僕とヴァンは右と左に分かれ、それから全力疾走を開始した。後ろから驚愕する声が聞こえてくる。振り向くと、僕の方にはアダムが来ていた。よかった。身体能力の高いニビ寮の寮長はヴァンの方に行ってくれたみたいだ。しかし、生徒会長の姿が見えない。回り込まれていると厄介だな。

アダムとの距離が広がっていく。苦し紛れに懺悔玉を投げてくるが、当たらない。

ヴァンの方はというと、もう姿が見えなくなっている。速すぎだろう。二割の力しか出していないというのは本当だったらしい。

やはりあれは獣だ。身体能力がおかしなことになっている。

シャアレ寮の裏口は、中庭に面している正面入口のちょうど裏側にある。

扉を開けて中に入ると、微かにピアノの音が聞こえてきた。

ということは、マッシュはまだ弾き続けているのか。ペルシャたちはまだ合流できていないのだろうか。何かトラブルでも——あ、もしかして、生徒会長は旧音楽室に向かったのかもしれない。

全員無事だといいが。

二階に上がると、ピアノの音はより大きくなった。音が鳴る方へと廊下を歩く。いくつかの部屋のドアが開いていて、住人が急いで飛び出していったことが窺えた。

談話室にたどり着き、ドアを開けた。部屋の中にいる寮生たちが一斉に僕を見た。たくさんの視線に圧倒される。この寮で生活しているほぼ全員が集まっているみたいだった。

時が止まったように誰も何も言わない。

「楽しそうですね。僕も交ざっていいですか？」

彼らは顔を見合わせた。ソファに座っていた一人の男子——掲示板の前で僕が声をかけた僕の信者の先輩だ——が立ち上がった。

「も、もちろんさ。さあさ、どうぞこちらへ」

信者先輩は僕を彼が座っていたソファに座らせた。

机の上に受信機が置かれていて、そこから音楽が流れている。生で聴くよりも音は劣化しているが、それが不思議と音に温かみをもたらし、気分が落ち着いてくる。

僕は帽子とマントを脱いだ。

「ずっと聴いてられますね」

うんうんと、何人かが首を縦に振った。

「——ねえあんた、正常化委員はうまくまいてきたわけ？」

上級生の女子が言った。この人はドルトン家の娘だ。彼女の弟のリアム・ドルトンは僕と同級生しい。

だ。ドルトン家はスペルビア派の家だから、彼女のようにシャアレ寮に配属されるのはそこそこ珍

「彼なら、もうすぐ来ると思いますよ」

「だめじゃない！　なに呑気に一息ついてるのよ……」

「おい、ウェンディ。彼に失礼だろ」

信者先輩がウェンディと呼ばれた女子生徒を咎めた。

「何が失礼よ。どんなにすごくっても、まだ一年じゃない」

「それはそうだけど……」

僕としてはウェンディのような生徒がいてくれた方がいい。もしかしたら、この学園は僕の信者でいっぱいなんじゃないかと、最近不安になっていたところだ。表には出てこないだけで、ほとんどはウェンディのような普通の生徒なのだと安心できる。

「――あの、どこかに隠れようと思うのですが、おすすめの場所はありますか？」

二人の言い合いがヒートアップする前に、会話に割って入った。

「え、おすすめかぁ……あっ、女子寮なら、教祖……じゃなくて、アヴェイラム君が隠れてるとは思わないんじゃないかな。ウェンディ、部屋を貸してあげてくれ」

やっぱり信者先輩、僕のこと教祖って言ってるよな？

「……まあ、いいけど。正常化委員にはあたしもムカついてるし。――ついてきなさい」

ウェンディのあとについて、入ってきたのとは反対のドアから談話室を出る。ウェンディは僕に話しかけることもなく、すたすたと歩いた。彼女は、階段を上っていき、三階にたどり着くと、二つ目の部屋のドアを開けた。

「ここよ」

本人が許可していても、女子生徒の部屋に入るのは気が引ける。先に部屋に入ったウェンディが躊躇(ためら)いを見せる僕に怪訝(けげん)そうな顔をした。

「――お邪魔します」

「ごゆっくり。そこの椅子にでも座りなさい」

ウェンディに迎えられ、部屋に入った。女性の部屋はごちゃごちゃと汚い印象があったが、綺麗(きれい)に片付いていて驚く。母の書斎とは大違いだ。ベッドの枕元に、ぬいぐるみが置かれていて、ウェンディのことはほとんど知らないが、なんとなく意外に思った。

彼女に言われた通りに椅子に座る。

「じゃあ、あたしは談話室に戻るから」

「え、戻るんですか？」

「何？　いてほしいの？」

「いえ。自分の部屋に他人を残して離れるのは不用心でしょう」

「あんたは用心しなきゃいけないような人間なわけ？」

「品行方正な男です。附属校では生徒会長を務めておりました」

「あっそ。じゃあ安心ね」

ウェンディが部屋を出ていこうとしたとき、階下から騒ぎ声が聞こえてきた。正常化委員と寮生たちが言い争っているようだった。ウェンディは部屋を出ていくのをやめ、ドアを閉めた。

「今あたしが出てったらここがバレるわね……」

ウェンディはベッドに腰を下ろし、ため息を吐(つ)いた。

「──あんたさ、うちの弟のこと知ってる?」

彼女の弟──リアム・ドルトンと話したことはほとんどない。しかし、彼のことはよく記憶している。ルビィ・リビィのことをいじめていた四人グループのリーダー格、それがリアム・ドルトンだった。僕がいじめを止めに入ったことで彼との間には小さな確執ができたが、廊下ですれ違ったときに睨まれるくらいで、直接的に対立しているということはない。ただ、嫌われているのだろうとは思う。

「もちろん知っています。なぜなら僕は、附属校では生徒会長を務めて──」

「それはさっき聞いた。──それで、あの子のことどう思う?」

ウェンディが視線だけ僕に寄越(よこ)して聞いてくる。

「どう、というほど知りませんが、四人でいるところをよく見かけました」

「ぶっちゃけ悪ガキでしょ?　いつもガラの悪い子たちとつるんで」

正直に言うなら彼は問題児だ。ルビィをいじめていたのだから当たり前だが、それ以外のところでも、リアムたち四人の素行の悪さは、学年では有名だった。

「心配なのよね。いつか取り返しのつかないことをするんじゃないかって。あんなでもあたしの弟だし」

「はぁ、そうですか」

ウェンディは、弟のリアムとは少々性格が異なるようだった。

強気な印象を受ける容貌、口調や態度のキツさから、表面的には二人は似ているように思える。

しかし、こうしてちゃんと話せば、二人が姉弟（きょうだい）であることが不思議に思えてくる。

ウェンディの表情からは、リアムのような性格の歪（ゆが）みが感じられない。僕はリアムを見て端整な顔立ちだと認識したことはなかった。顔のパーツが似ていても、表情の作り方で受ける印象はこれほど変わるのかと感心する。

「な、何？　人の顔じろじろ見て」

「話す人の目を見ていただけですよ」

「――あんたさぁ、まさか心とか読めたりしないわよね？」

「はい？」

ウェンディが真面目な顔をして急におかしなことを聞いてくるから面食らってしまう。彼女自身、変なことを聞いてしまったというように、きまり悪そうにしている。

「だってほら、あんたさ、一部の生徒から教祖とか呼ばれてるじゃない。この前、掲示板のところであんたが話してるの見かけたけど、邪教の集会かと思ったわ」

なんて失礼な。僕は附属校で生徒会長を務めていた男だぞ。

だけど、たしかにあれは僕から見ても気味が悪かった。上級生たちが一年の僕を教祖と呼ぶ姿は滑稽でしかない。

「僕が洗脳でもしてると思ってるんですか？」

「そこまでは思ってないわよ。人を観察して、すべてわかったようになってるのが気に入らないだけ。その冷たい目とか、一年がする目じゃないでしょ」

ただの文句じゃないか。いじめっ子のリアムとは違うと思ったが、やっぱり認識を改める。この攻撃的な性格は弟とそっくりだ。

「知りませんよ、そんなの。生まれつきこういう目なんで。そういう先輩だって、人を焼き殺すような目で睨んでくるじゃないですか」

「はぁ？　睨んでないわよ。あたしはもともとこういう目なの。優しい先輩じゃなくて悪かったわね」

「べつに。人に優しさを期待していないので」

「あっそ」

ウェンディの無愛想な相槌（あいづち）を最後に、部屋に沈黙が落ちた。

気まずい。だけど、正常化委員が寮から出ていくまでは、部屋から出ていくわけにはいかない。

……どうして僕は今日初めて話した女と喧嘩してるんだか。冷静になると馬鹿らしく思えてくる。

彼女の歯に衣着せぬ物言いが癇に障った。人を観察してわかった気になっていると言われ、それが図星だったから反射的に言い返したのだ。

自分は同級生の子たちよりも達観していると思っている。そのせいで周りを冷めた目で見てしまうのは、僕の体に染み付いた癖だった。


「あっ！　おい！　そっちは女子寮だぞ！」

「緊急事態だ！　入らせてもらう！」

僕とウェンディの間の気まずい沈黙を破ったのは、部屋の外から聞こえてきた怒声だった。続いて、階段をドタドタと上がる音が聞こえてくる。

「待ちなさいよ、アダム！」

「女子の部屋に入って何する気！　この変態寮長！」

「覗き魔！」

「変態化委員！」

「黙れ！　さすがに言いすぎだ！」

女子寮への侵入を止めようとする女子たちの声と反論する正常化委員の声が聞こえてくる。

「ちょっとまずいんじゃない？　あんた、ベッドの下に隠れなさいよ」

ウェンディが言った。

「いや、それは……」

「もう！　早く！」

ウェンディがベッドから立ち上がり、僕の手を引いた。言われるままに、僕はベッドの下に潜り込んだ。

直後、ドアが開いた。

「え？　あの、なんですか？」

ウェンディが戸惑いと不機嫌さを半々に混ぜ合わせた声で応対した。僕の目の前に彼女の足があり、大儀そうに足を組んだのがわかった。

「談話室にお前がいないから怪しいと思ったのさ」

「あたし、休んでたんですけど」

「中を調べさせてもらってもいいか？」

「え、ふつーに嫌ですけど――あ、ちょっと！　なに勝手にっ」

男の足がベッドに近づいてくる。

足が止まる。片方の膝が床についた。手には懺悔玉（ざんげだま）が握られている。

と、そのとき。

バンッと廊下からドアが勢いよく開けられる音が聞こえてきた。続いて廊下を走る足音。

アダムが急いで立ち上がり、部屋から出ていく。

「おい、一年！　おらっ！」

何かがぶつかった音がした。

「うっし。やっと当たったぜ」

「いったた。強く投げすぎっすよ。――うわっ、マジで緑色になるんだ。すげー」

信者先輩の声だ。懺悔玉(ざんげだま)を食らったのか？

僕はベッドの下から這(は)い出る。

「いや、なんでお前なんだよ！」

「ひどいなぁ。人をこんな惨めな姿にしておいて。でもいいんですか？　彼ならもうずっと前に旧音楽室に向かいましたよ」

「くそっ。お前もあとで反省文だからな！」

正常化委員の足音が近づいてくる。

「布団！　布団に潜りなさい！」

ウェンディが小声で僕を急(せ)かす。躊躇(ちゅうちょ)する時間もなく、僕は布団の中に潜り込んだ。足音はこの部屋の前で止まることはなく、そのまま通り過ぎて階段を下りていった。

布団から出る。溜息(ためいき)がこぼれた。息をしてはいけないと思って呼吸を止めていた。

間一髪、見つかるところだったからだろうか。鼓動が異常に速い。

「あー、えっと。もう大丈夫そうなので、出ていきますね」

「あ、待って。あたしも行くわ」

なんとなくそわそわして、さっさと出ていこうとするが、ウェンディが僕を呼び止めた。

「――では、参りましょうか。レディ」

「何それ。変なやつ。ベッドの下で頭でもぶつけた？」

部屋から出ると、信者先輩がちょうどこちらへ歩いてきたところだった。

彼は僕が脱いだ赤いベレー帽とマントを羽織っていて、さっきの正常化委員とのやりとりに合点がいった。僕の身代わりになってくれたというわけだ。

「僕のために申し訳ござい――じゃなくて、ありがとうございます」

謝ろうとすると彼の肌の色が緑から青に変わりかけたから、感謝を告げた。青は負の感情だ。言い直せば赤に変わったから、たぶんこれで正解だろう。

「当たり前のことをしただけさ」

真っ赤な顔で朗らかに笑うのはちょっと怖いけど、彼が納得しているならまあいいか。

僕とウェンディと信者先輩の三人で談話室に入ると、みなが受信機の音声に集中していた。マッシュの弾くピアノの音はいまだ流れ続けていたが、その他に言い争う声が聞こえてくる。

生徒会長とエベレストたちの声だ。

「何を言い争ってるんだ？」

信者先輩が尋ねた。

「演奏中に会長が乗り込んでいって、なんかおかしなことに――うわあ、緑っ！」

信者先輩の肌の色に気づいたその生徒は、体を大きく仰け反らせた。その反応に驚いて信者先輩は一瞬青くなる。

『お姉さん、お願い！　あと十二小節だけ弾かせて？』

マッシュの声だ。

『だめよ。今すぐやめないと懺悔玉をぶつけます。あなたたち全員にです』

『しかし、生徒会長はそれでよろしいのですか？』

ペルシャが不安を煽るような声音で問いかけた。

『何がです？』

『彼が今やっているのは世界初の遠距離コンサート。それを止めるということは、歴史的瞬間を妨害した悪女として歴史に名を残すということです。会長にその覚悟がおありで？』

おお……。ペルシャの口のうまさを客観的に聞くと、つくづく仲間でよかったと思わされる。

『うぐっ。だ、だめです！　だめなものはだめなんですっ！』

しかし、生徒会長も強情だ。

『ルカちゃん！　こうなったらアレをやるしかないよ！』

なんだなんだ？　エリィとエベレストには何か秘策があるのか？

『こほん。――お姉さま。わたくし、お姉さまにご相談がありますの。お姉さま。聞いてくださいませんか、お姉さま』

エベレストが甘えるような声で普段言わないようなことを言い出した。やけに『お姉さま』という単語を連呼している。

これに似たセリフを僕は聞いたことがある。そう、これは僕たちがやる予定だった劇の中で、探偵にやられそうになった悪の手先が命乞いをするときのセリフだ。それをエベレストは対お姉さま用にアレンジしている。

『な、何よ』

生徒会長の困惑する声。

エベレストが高飛車な感じなのは学園ではそれなりに知れ渡っているから、しおらしい様子のエベレストに彼女は虚をつかれたようだった。

『お姉さま。わたくし、お姉さまが生徒会長として、そして正常化委員長としても頑張ってる姿、ずっと素敵だと思ってましたの』

『そ、そんなこと言って、私が甘くなるとでも思ってるんでしょ』

『本当のことですわ。お姉さま。見ての通り、わたくしってプライドが高いでしょう？　そのせいでいつも気を張ってしまって……」

『……』

『ですから、ときどき人に甘えたくなりますの。お姉さまのような、真面目で、包容力のある、素敵な女性に。たまにでいいので、お姉さまに甘えちゃ……だめ？』

『きゅん……アルトチェッロさん……私がお姉さまになって……はっ！　だ、騙(だま)されないわよ。またそうやって――』

『おねがい、お姉さまぁ』

『いつでも私を頼りなさい！　あなたのことは私が守り抜いてみせます！』

力強く、頼もしい、生徒会長の声だった。

さすがは正常化委員長までも兼任するだけのことはある。

すごいな、エベレストは。一番の強敵をいとも簡単に撃破してしまった。

「あれには勝てないわ」

ウェンディが恐ろしげにつぶやくと、上級生たちは揃って神妙に頷いた。それを一年生たちがポカンとして見ている。

同級生の僕らには理解できない強烈な何かが、彼らの胸をまっすぐに貫いたようだった。

マッシュが最後まで曲を弾き終え、そして受信機からは何も聞こえなくなった。一つの戦いを聞き届けた僕は、信者先輩から帽子とマントを返してもらい、寮の正面入口の前まで来た。

あとは僕かヴァンのどちらかがあの鐘を鳴らすだけだ。

一階の窓から中庭の様子を確かめると、塔の入口でナッシュ先生が退屈そうに立っていた。このまま彼を放置して持久戦に持ち込めば、夜になる頃にはさすがにいなくなるだろう。そうすれば容易く鐘を鳴らせる……のだが、それじゃあ意味がない。この突発的なイベントを楽しんでくれているギャラリーたちの熱が冷めないうちじゃないと、お披露目としては失敗だ。

それに、今は絶好のチャンスなんだ。中庭には正常化委員たちの姿は見えない。エベレストが生徒会長を倒し、アダムは信者先輩に騙されて旧音楽室に向かった。ヴァンを追っていったニビ寮の寮長の動向だけ摑めないが、ヴァンならうまいことやってくれているはずだ。心配なのは、ヴァンが勢い余って先輩をボコボコにしてしまうことくらいだが、さすがに大丈夫だと思いたい。

こっちがかなり手間取って時間をかけてしまったから、ヴァンの方は待ちくたびれているかもしれない。早く合図を送ってやろう。

「――こちら、ロイ。こちら、ロイ。ヴァンよ、聞こえるか。今から塔を攻略する。十五秒後、中庭に飛び出すぞ」

ヴァンが受信機を落としてなければ聞こえているはずだ。

十五秒あれば準備できるだろう。

寮の談話室にいる人たちも、今のアナウンスを聞いて窓際へ移動するだろう。僕は観客への配慮も怠らないのだ。

「5、4、3、2、1」

寮の正面入口の扉を押し開け、勢いよく中庭に飛び出した。反対側のラズダ寮からヴァンが同時に飛び出してくるのが見え、一安心する。

ナッシュ先生はすぐに僕らに気づき、二人を同時に相手するのはきついと思ったのか、ヴァンの方に体を向けた。

よし、これで僕が塔を登れば——と、そのとき、視界の右から何かが飛んでくるのに気づき、急停止した。見れば、生徒会長とアダムが中庭に入ってきていた。

そうか、ナッシュ先生がヴァンのみに対応したのは、彼らのことが見えていたからか。

「観念しろ、一年！」

アダムが勝ち誇った顔で近づいてくる。

「一年生相手に三対二は卑怯（ひきょう）でしょう！」

「悪いが、仕事なんでね」

「生徒会長！　あなたは僕らの側についたはずでは？」

「私はアルトチェッロさんと学園の秩序の味方です！」

こちらへと歩いてくる二人から遠ざかるように、僕は後ずさる。だんだんと塔から離されていく。

まずい。どうすればいい？

「なんだ？　出力？　最大にすればいいんだな？」

ヴァンが何か言っている。受信機の声を聞いているようだった。

『お姉さま！』

「はぅん」

ヴァンの持つ受信機から突如エベレストの声が聞こえてきた。生徒会長が膝をつく。

シャアレ寮二階の談話室のあたりを見ると、送信機を持つペルシャと、その周りにエベレストたちの姿が見えた。

生徒会長に見逃されたあと、こちらに戻ってきたらしい。

『お姉さま！　ご無事ですか？　わたくしが今からそちらへ向かいますから、そこでじっとしていてくださいませ！』

「うんっ！　待ってるわ！」

生徒会長が元気よく言った。たぶんエベレストには声は届いていない。

「待つな！　座り込んでんじゃねぇ！」

アダムは生徒会長を立ち上がらせようとするが、彼女はすでに戦意を喪失したようだった。

よし、これで二対二になった。

「くそっ！　なんなんだよ！　グレッグのやつも出てこねーしさぁ！　仕事してるの俺だけじゃねーか！」

アダムが文句を垂れた。

その彼の後ろから、満を持して登場する男がいた。

ざっ、ざっ、と雪を踏みしめ、堂々とした足取りでアダムに近づいていく。窓から顔を出して観戦する生徒たちのざわめきが聞こえてくる。

「悪い。待たせたな」

「やっと来たか。お前今までどこ行って――いや、なんでぇ!?」

振り向いてグレッグを見たアダムが素っ頓狂な声を上げた。それを見た生徒たちから笑いの渦が巻き起こる。なぜならグレッグの肌がなぜか真っ青になっていたからである。

「なんでお前が懺悔してんだよ！」

「それがな、あの一年ほんとにすごいんだ。身体能力おばけ。スペルビアの名は伊達じゃないと思ったね」

グレッグは感心するように言った。肌の色が赤く染まり、心から称賛を送っているのがわかる。

どうやら彼はヴァンに懺悔させようとして、逆に懺悔させられてしまったらしかった。

すごいな、ヴァン。どうやったんだ？

「もうなんなの？　正常化委員会の面目丸つぶれ。一人は『境界』の一年女子に入れ込んでるし、もう一人は真っ青になって出てくるしさぁ。俺しかまともなやつがいねぇ！」

アダムが仲間たちの不甲斐なさを嘆いた。

苦労する彼に追撃するがごとく、ヴァンの持つ受信機から女子生徒たちの声が聞こえてくる。

『何がまともだー！』

『変態のくせにー！』

『変態化委員！』

「うるせえええ！　俺は！　仕事を！　してるだけえええええ！」

アダムは空に向かって吠えると、激情を力に変換するかのように駆け出し、僕の方に全速力で向かってくる。

中庭は悠々と鬼ごっこができるほど広くはない。追いかけられてできることと言えば塔を回り込んで反対側に行くことくらいだ。だが、グレッグが向こう側から回り込んでいて、その選択肢すらもなくなった。

僕はアダムとグレッグによってニビ寮とラズダ寮の建物が作る角へと追いやられていく。こちら側は三面が寮に囲まれている袋小路だ。

ヴァンはいつの間にか僕とは反対側に移動している。あっちは連絡通路の下が通り抜けられるようになっているから、いつでも逃げられる。貧乏くじは僕の方だったようだ。

勝ち誇ったようにニヤニヤするアダムと肌を真っ赤に染めたグレッグが、両手に懺悔玉を持ってジリジリと迫ってくる。

もう鐘を鳴らすのはヴァンに任せて、最後の悪あがきでもするか。

僕は両足に大量の魔力を送り込み、思い切りジャンプした。二階の張出窓の下部に手をかけ、さらに跳び上がり、壁の出っ張っているところを蹴って、張出窓の上部に着地する。

左右両側からどよめきが起こった。ニビ寮生とラズダ寮生がそれぞれの談話室の窓から身を乗り出し、応援なのか野次なのかわからない声を僕に浴びせている。

下を見ると驚愕の表情を浮かべるアダムと、相変わらず赤いグレッグが僕を見上げていた。

「一年！　お前がすごいのは認めるが、自分が今、格好の的だって気づいてるか？」

アダムの言う通り、絶体絶命な状況は変わらない。屋上まで行けば逃げ切れるが、寮は三階建てだからもう一階上らなければならない。しかし、次また跳ぶ素振りを見せたらすぐさま懺悔玉が飛んでくる。というか、今だっていつ投げられてもおかしくないのだ。

「僕に構っていていいんですか？」

僕が遠くを見る仕草をすると、彼らは後ろを向いた。その隙に斜め上に向かって跳び上がり、三階の張出窓の上部に右手をかけ、ぶら下がった。

なんとか届いた――と安堵する間もなく懺悔玉が飛んでくる。僕は咄嗟に無属性魔法を左手に纏い、球を弾いた。

「うっし！　当ったりぃ！」

アダムが上機嫌に指を鳴らした。

僕はアダムが勝利を確信している間に、ひょいと張出窓の上へ登り、さらにそのまま屋上へと飛び乗った。

「ん？　はい？　なんでお前懺悔モードにならないんだよ。たしかに当たったよな？」

手を見る。肌の色は変わっていなかった。

確信はなかったけど、防げるんじゃないかとは思っていた。無属性魔法は魔法的、物理的問わず、攻撃をある程度は軽減できる。懺悔玉（ざんげだま）はおそらく魔法毒の一種だが、時間が経（た）てば消える程度のものだから、その毒性は弱い。それくらいなら僕の無属性魔法は弾くということだ。

「魔法攻撃に耐性があると言ってませんでしたか？」

「なんだよそれ！　ずるじゃねーか！」

下でアダムが喚（わめ）いているのを聞き流しながら、このあとどうするかを考える。

ナッシュ先生はまだ塔の入口を守っている。もともと僕かヴァンのどちらかが犠牲になるのを覚悟の作戦だったから、ヴァン一人では打つ手がなさそうだった。

『ロイ様、聞こえますか？』

シャアレ寮の方からペルシャの声が聞こえてくる。見ると、ペルシャが送信機に語りかけ、信者先輩が受信機を掲げていた。信者先輩真っ赤だな。

『あのときもあなたは私たちを代表し、強敵に立ち向かっておられましたね。迎賓館で起きた、あの恐ろしく、痛ましい事件。私たちはあのとき、あなたに命を救われました。本当に感謝しております。——ですが、正直に告白しますと、私はまだあの日のことを許すことができておりません。

ロイ様、どうか私たちのために鐘を鳴らしてください。そうすれば私は、きっとあのことを許せると思うのです』

あのこと……。あの日、僕がペルシャにした許されないこと。

僕がペルシャを見殺しに助かろうとしたことを言っているとわかった。だけど違和感がある。ペルシャがこのタイミングでそれを言うか？　全校生徒が聞いている前で。

僕は魔信(ましん)の送信機に魔力を通し、口を近づけた。

「君には悪いことをした。君があのことを許してくれると言うなら、僕は全力を出すよ。きっとあの鐘を鳴らしてみせる」

受信機から僕の声が聞こえてくる。自分の声を聞くのは不思議な感じだ。

「ナッシュ先生！　戦いが長引いてもお互い困るでしょう。交渉しませんか？」

僕はナッシュ先生に呼びかける。

「先生がお前と交渉なんてするわけ――せ、先生？」

ナッシュ先生が僕の方を向いて頷くのを確認する。

「寮長。ペルシャの持つ送信機を先生のところまで持っていってください」

「ちっ。なんで俺が……。まあ、やってやるけどさぁ」

僕がアダムにお願いをすると、彼は文句を言いながらもペルシャのいるところの下まで小走りで行った。ペルシャが二階から落とした送信機を手で受け止めると、彼はナッシュ先生のいる塔の方へ走っていく。

「ナッシュ先生！　今から僕とヴァンは本気で鐘を鳴らしにいきます。もし正午になる前に僕かヴァンのどちらかが鐘を鳴らすことができたら、希望の鐘の復活と精霊祭の開催を約束してください！」

ナッシュ先生はアダムから送信機を受け取り、構造を確かめるように目の高さに掲げた。

魔信は特別な操作を必要としない。他の魔法具と同じ要領で魔力を注ぐだけだ。

『えー、こ、こ、これでいいのでしょうか？　よさそうですね。――し、正午までと言いましたが、あとじ、十分もありませんよ？　そ、そそれでもいいなら、私はか、構いません。せ、精霊祭は明日開催というわけにはいきませんから、年明けにでもか、代わりの催しを考えましょうか』

なかなか話のわかる教師だ。彼の返答に生徒たちがどよめいた。

「ありがとうございます。――よし。それじゃあヴァン、時間がないからせーので行くぞ！せーっ、あ、ちょっと待った。――ナッシュ先生。ついでに今回の騒動による『境界の演劇団』のメンバーの懺悔は見逃してもらえたりしませんか……？」

『……いいでしょう』

「それともうひとつ、できれば反省文百枚も……」

『欲張りだな！　さすがに反省文は書けよ！』

ナッシュ先生の持つ魔信にアダムの声が乗る。

『い、いいのですよ、アダムさん。わかりました。では、鐘を鳴らせたら、一人、さ、三枚ずつで手を打ちましょう』

三枚か……。いや、さすがにこれ以上は要求できまい。これだけの騒動を起こして反省文三枚で済むなら最高じゃないか。ナッシュ先生ってもしかして、いい先生なのか？

「寛大なるご配慮、感謝いたします。——それじゃあヴァン、せーのっ！」

僕の合図で、今度こそヴァンは駆け出した。

ナッシュ先生とアダムはヴァンを塔に近づけさせないようにしながらも、ときどきこちらへ視線を飛ばしてくる。警戒はされている。しかし、僕が仕掛けるまでは直接対応してくることはなさそうだ。

真下ではグレッグが僕を見上げている。屋上にいるうちは僕にできることはないと踏んでいるようで、肌の色はニュートラルな緑色に戻っていた。——僕の準備がすでに整っているとも知らずに。

最大限の譲歩をしてくれたナッシュ先生には悪いが、僕は勝算もなくあんな不利な交渉はしない。誰にも邪魔されないここだからこそ、勝つ手段があるのだ。

さっきペルシャは僕に鐘を鳴らしてほしいと言ったが、当然あれはただのお願いではない。彼が僕に伝えたのは勝つための作戦だ。彼は僕に、あの日の勝利を再現しろと暗に伝えていたのだ。

敵を油断させている状況で、あの日クインタスの部下を倒したときのように、標的に特大の魔法をぶつければいいだけだ。今回の標的とはもちろん、あの鐘である。

中庭の中央に建つ鐘楼を仰ぎ見た。三階建ての建物の屋上よりもさらに高い位置から、青銅の鐘が僕を、全校生徒を、そして街を見渡している。

鐘に向かって手を伸ばす。魔力を手のひらに送り込む。物理的な性質を高めるため、属性魔法よりも無属性魔法の割合を大きくするイメージ。

生徒たちが色めき立つ。アダムが何か叫んでいる。手のひらの障壁を突き破り、半透明の雷球が放たれた。雷球は一直線に空中を進み、そして、鐘に命中した。

ごおんと重々しい音が鳴った。雷球の衝撃で揺れた鐘は、二度、三度とその音を響かせた。

窓から顔を出す生徒たちが歓声を上げているみたいだが、鐘の音でかき消され、声はほとんど聞こえなかった。

中庭では、ヴァンが僕に親指を立てている。

鐘の音が小さくなっていき、生徒たちの声が耳に届き始める。シャアレ寮の方を見れば、ペルシャが上品に拍手をしていた。エベレストたちも何か言っているらしいが聞き取れない。彼らの隣には僕に軽く手を振るウェンディと、肌を真っ赤にさせて両腕を掲げる信者先輩の姿があった。

『えー、みなさん、し、静かにしてください。――ロイ・アヴェイラムさん、あなたは反省文百枚です』

ナッシュ先生が魔信（ましん）を使った。

反省文百枚だと？　話が違うじゃないか！

僕は魔信を起動して、口に当てた。

「話が違いますよ。僕らの反省文は三枚になったはずです」

『そ、その通りです。あなた以外は三枚でいいでしょう。し、し、しかし、あなたには百枚か、書いてもらいます』

「なっ、どうしてですか？」

そんな後出しが許されるか！

『こ、これが何かわかりますか？』

ナッシュ先生が手のひらサイズの黒い何かを持っていた。

全身から冷や汗が噴き出てくる。あれがもし僕の考えているものだとしたら、僕はとんでもないことをしてしまったことになる。

『な、なんでしょう？』

『欠けた鐘の一部です。このあと私の部屋にく、来るように』

「はい、先生……」

歴史的建造物を破損させただけでなく、鐘楼の真下にいたナッシュ先生とアダムに危うく大怪我をさせるところだったらしい。

僕に否やはなかった。僕の顔は今、懺悔玉を食らったと見紛うほど真っ青になっているに違いなかった。

つい先日の掲示板前のときと同じように、僕は再び生徒たちの前でナッシュ先生に連行されることとなった。彼の部屋に入ると、前のときと同じように、コーヒーとお菓子を出された。彼は約束は守ると言った。精霊祭は準備が間に合わないから、年明け以降に代わりとなる行事を考えてくれるそうだ。

というか、そもそもの話、生徒の息抜きになるようなイベントは不可欠だという意見が教師の間でもあるらしかった。学園祭という行事を作ったらどうだという案も出ているという。

希望の鐘の方も、クインタスの襲撃事件以前のように、また正午に鳴らしていくことを校長に掛け合ってくれると約束してくれた。実現するかはわからないが、約束を守ると言った彼の言葉を信じたい。

彼の柔軟な対応には、正直なところ驚いている。生徒を弾圧する教師は問答無用で敵なんだと思っていたけど、大人とはそう単純なものでもないのかもしれない。

また、それとは別に僕の反省文の枚数には妥協しないと宣言された。百枚すべてを反省の言葉で埋め尽くすのは骨が折れる。ナッシュ先生もさすがにそれをする意義は薄いと思ったのか、僕に別の課題を出した。学園における魔法具の運用について書いてくれれば、その枚数分を反省文に換算してもいいそうだ。課題の意図を汲(く)み取るとしたら、学園に魔信(ましん)を導入する場合、どういう運用方法があるか、といった感じだろうか。いくつか思いつくことを書き、分厚い提案書を作成するつもりだ。

鐘を破損させて反省文を科されるという不格好な終わり方ではあったが、こうして僕ら『境界の演劇団』は学園の管理体制にヒビを入れることに成功した。やり方はまずかったと反省しているが、生徒たちの自由を取り戻す一助となれたのは意外に悪くない気分だった。

クラブの知名度を上げることが目的だったけど、他人の期待に応えるのも案外心地がよいものだ。

鐘を鳴らした瞬間の、窓から覗く楽しそうな彼らの顔を思い出すと、心が少し温かくなった。

あとがき

はじめまして。

第二巻のあとがきであることを考えるとこの挨拶は適切ではないように思われるかもしれないが、決して私の勘違いというわけではない。実は第一巻にはあとがきがなかったのだ。そういうわけだから、「はじめまして」というセリフは正しく、この小説が書籍として世に出たことの感激や、私が小説を書き始めた経緯などを語るのは、きっとこの場がふさわしい。しかし、やはり今更初対面の顔をするのもきまりが悪いから、あくまで第二巻のあとがきという態度を貫くことにする。

さて、この巻では物語の舞台が学園の附属校から本校へと移行する。魔法の授業も始まり、ロイの楽しい学園生活の幕開けだ——なんてことにはならない。数年前に世間を騒がせた連続殺人鬼クインタスが街に舞い戻ったからだ。そしてロイは、自らの持てる力で問題の解決を図ることになる……。

前の巻と比べると、だいぶロイに積極性が芽生えたように思う。周りに流されて選挙をしていた頃を思えば、自ら進んで研究をしたり劇団を結成したりするロイの行動力には私自身驚かされる。環境の変化で人は変わると聞くから、学園に進学したことがロイの性格に何らかの変化をもたらしているのかもしれない。

環境の変化といえば、少し前に私は寒冷地に引っ越しをした。住んでみなければその土地の気候を真に理解することはできないのだと、深く思い知らされている今日この頃。この地の冬の厳しさは引っ越しの前から重々承知であったが、知識と実体験の間には大きなギャップがあった。面白いことに、このような急激な環境の変化は確かに私の思考に影響を及ぼしている。水道管の凍結という事象に遭遇することでしか得られない何かが新たな私を形成するのを感じている。

私はよく、ロイたちが暮らす土地の気候について考える。雨や曇りの日は多いのだろうか、とか、夏はじめじめしていないといいな、とか。このとき非常にもどかしいのが、私が異世界の気候にあまり詳しくないということだ。私は異世界で暮らしたこともないし訪れたこともない。つまりそれは、異世界で暮らすロイたちの思考を完全に表現することができないことを意味するのではないだろうか。だとすれば、作者である私は、いろいろな環境に身を置いて想像力を養う他ないのだろう。もしくは、取材旅行と称して一度くらいは異世界を訪れてみるのもよいかもしれない。

作品のご感想、
ファンレターを
お待ちしています

あて先

〒141-0031　東京都品川区西五反田 8-1-5 五反田光和ビル4階
オーバーラップ編集部
「上野夕陽」先生係／「乃希」先生係

スマホ、PCからWEBアンケートにご協力ください

アンケートにご協力いただいた方には、下記スペシャルコンテンツをプレゼントします。
★本書イラストの「無料壁紙」　★毎月10名様に抽選で「図書カード（1000円分）」

公式HPもしくは左記の二次元バーコードまたはURLよりアクセスしてください。
▶ **https://over-lap.co.jp/824004444**
※スマートフォンとPCからのアクセスにのみ対応しております。
※サイトへのアクセスや登録時に発生する通信費等はご負担ください。

オーバーラップノベルス公式HP ▶ **https://over-lap.co.jp/lnv/**

8歳から始める魔法学 2

発行　2023年3月25日　初版第一刷発行

著者　上野夕陽

イラスト　乃希

発行者　永田勝治

発行所　株式会社オーバーラップ
〒141-0031
東京都品川区西五反田8-1-5

校正・DTP　株式会社鷗来堂

印刷・製本　大日本印刷株式会社

ISBN 978-4-8240-0444-4 C0093

【オーバーラップ　カスタマーサポート】
電話　03-6219-0850
受付時間　10時～18時（土日祝日をのぞく）

Lv 2から
Chillin Different World Life
of the EX-Brave Candidate was Cheat
from Lv 2
チートだった元勇者候補のまったり異世界ライフ
Story by Miya Kinojo
鬼ノ城ミヤ
Illustrations by 片桐
シリーズ好評発売中!
型破りな無敵夫妻の異世界ファンタジー!
OVERLAP NOVELS

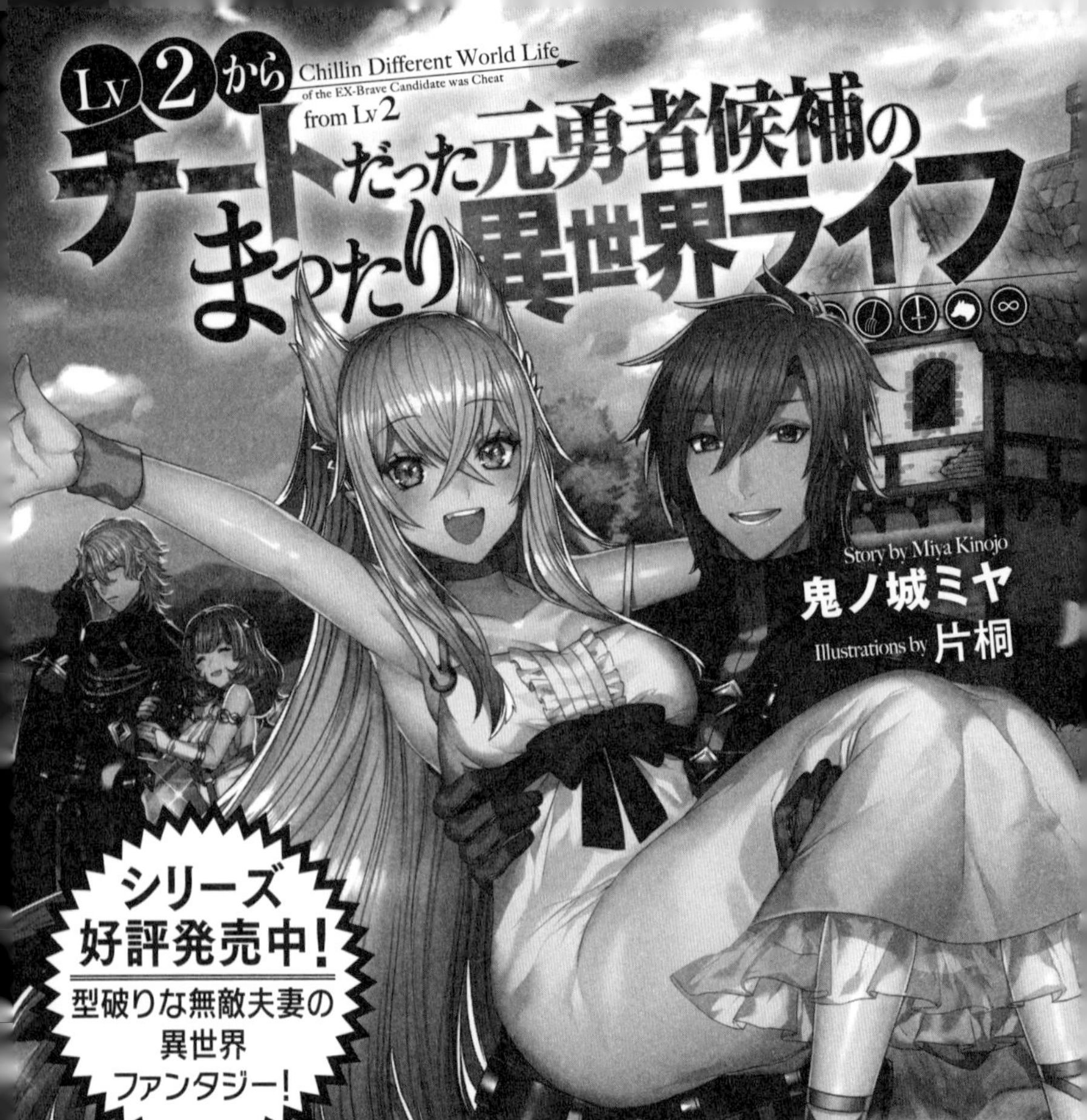

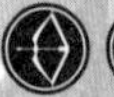

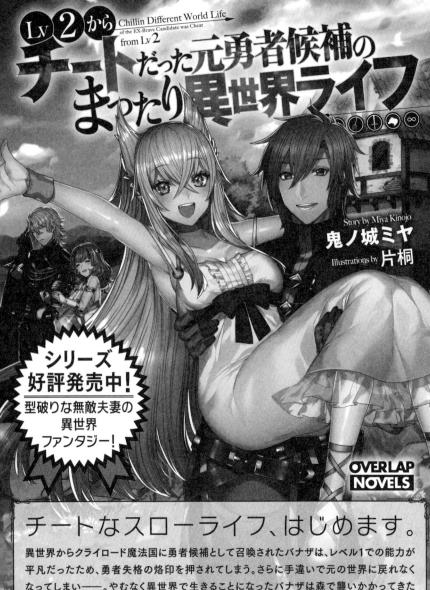